한반도를 달리다

한반도를 달리다

지은이 개러스 모건, 조앤 모건
옮긴이 이은별, 이은샘
펴낸이 임상진
펴낸곳 (주)넥서스

초판 1쇄 인쇄 2015년 8월 5일
초판 1쇄 발행 2015년 8월 10일

2판 1쇄 인쇄 2018년 5월 30일
2판 1쇄 발행 2018년 6월 5일

출판신고 1992년 4월 3일 제311-2002-2호
주소 10880 경기도 파주시 지목로 5
전화 Tel (02)330-5500 팩스 (02)330-5555

ISBN 979-11-6165-411-9 03810

www.nexusbook.com
넥서스BOOKS는 (주)넥서스의 실용 브랜드입니다.

분단 이래 최초의 남북한 종단 여행기

한반도를 달리다

개러스 모건 · 조앤 모건 지음
이은별 · 이은샘 옮김

넥서스BOOKS

일러두기

- 뉴질랜드에서 출간된 『Kimchi Kiwis – Motorcycling North Korea』(2014)를 기본으로 했습니다.
- 본 여행기는 모건 부부 일행이 오토바이를 타고 러시아부터 북한을 거쳐 제주까지, 총 9,000여 킬로미터를 여행한 여정 중 한반도에서의 일화를 중심으로 담았습니다.
- 원문의 맥락에 따라 모터사이클, 오토바이, 모터바이크, 바이크 등의 표현은 따로 통일하지 않았습니다.
- 여행자들의 용어인 바이커, 라이더, 라이딩, 패니어 등의 단어는 그대로 따랐습니다.
- 본문의 날짜, 단위 등은 아라비아 숫자로 표기했으며 제목에 들어가는 숫자는 한글로 표기했습니다.

"저 사람한테 부탁해."

데이브가 소총을 가진 남자를 가리키며 몸짓을 했다.

"총으로 쏴서 열어 줄지도 몰라."

곧 파란색 러닝셔츠를 입은 남자가 와서 손목을 재빠르게 돌려 가위를 휘두르니 자물쇠가 잘려 나갔다. 그가 문을 힘껏 밀어 열자마자, 우리는 모두 동시에 몸을 내밀어 짐칸을 들여다봤다. - 이런 상황들은 항상 머릿속에서 심장 소리만 들릴 만큼 불안하다. - 그리고 우리는 바이크 다섯 대가 모두 여전히 잘 세워져 있었고 아무 탈 없이 잘 도착한 것을 확인했다.

개러스가 먼저 화차에 들어갔고, 갈색 제복의 뚱뚱한 사람이 물건들을 검안하기 위해 뒤따랐다. 그는 가장 가까이 있는 비닐 가방을 열어 보라는 몸짓을 했다. 그는 눈을 가늘게 뜨고 미심쩍은 눈빛으로 전자 제품 및 컴퓨터, 전기면도기 등의 물건들을 살펴보았다. 다

끝난 후 우리는 바이크를 끌고 나와 조선민주주의인민공화국의 토양 위에 놓았다. 러시아에서 짐을 실을 때보다 훨씬 쉬운 작업이었다. 플랫폼은 짐칸 바닥과 수평을 이루어서 경사로도 필요 없었다.

세관 관계자는 우리의 패니어 가방 안의 내용물로 관심을 옮겼다. 무수히 많은 비닐 용기들과 그것들에 담긴 각각의 내용물들을 조사하느라 그의 표정이 일그러졌다. 한편 브랜든은 플랫폼을 방황하다가 자전거를 탄 남자에 의해 거의 치일 뻔했다. 자전거는 여기 조선민주주의인민공화국에서는 중요한 수송 수단 중 하나이다. 그리고 색다른 점은 모든 자전거에는 자전거와 자전거 주인의 움직임을 통제하기 위해 지역 이름이 적힌 빨간색 등록판이 붙어 있었다.

세관 남자는 고개를 끄덕였고 우리는 라이딩을 시작했다. 우리를 이끄는 사이렌을 켠 경찰차 두 대와 함께 즉각적인 자동차 대열이 형성되었다. 첫 번째는 우리를 위해 교통을 중지하고 거리에서 모든 보행자를 멈추도록 교통경찰에게 알리는 목적이었고, 두 번째는 그 메시지를 다시 한 번 명확하게 전달하기 위해서였다. 그 뒤로는 텔레비전 카메라맨과 미스터 백을 포함하는 도요타 랜드 크루저가 현지 관계자 한 명과 우리 뒤를 바로 뒤따랐다. 여기부터 15마일 떨어진, 우리의 점심 식사를 위해 멈추게 될 나선시까지는 듣자 하니 특별 경제 구역이었다. 도요타 뒤로 우리 바이크 다섯 대가 왔고, 우리 뒤에는 미스터 황과 여러 관리들이 탄 두 번째 랜드 크루저가 따라왔다. 그리고 무슨 목적인지 도통 알 수 없는 우리의 행렬 뒤를 따르는 다른 두 차량이 맨 마지막에 있었다.

우리는 덜컹거리며 역을 빠져나갔다. 선을 넘고 다시 넘고 크고 파란 출입문을 통해 나왔다. 저 너머로 작은 마을이 있었고 최근에 땜질된 딱딱한 도로와 삭막한 콘크리트 빌딩들이 있었다. 잘 차려입은 사람들이 거리를 걸어 다니고 있었다. 자전거들이 도처에 널려 있었고, 심지어 황소가 끄는 수레를 지나치기도 했다.

모건 부부 일행의 한반도 여행경로

2 2013년 8월 16일
북한 입국

Start

하산

청진

두만강

백두산

칠보

조국 통일

묘향산

단천

함흥

평양

원산

금강산

DMZ

속초

동해

3 2013년 8월 29일
남북출입사무소 통과

판문점

서울

서해

부산

4 2013년 9월 17일
출국

Finish

완도

제주

한라산

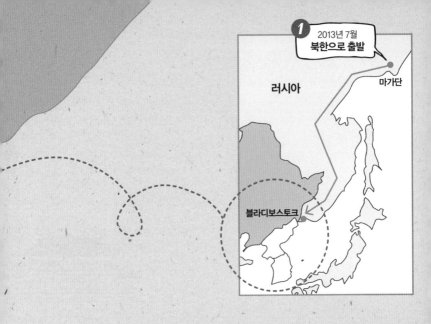

2013년 7월
북한으로 출발

마가단

러시아

블라디보스토크

모건 부부와 친구들

개러스 모건　　　조앤 모건　　　데이브 왈라스　　　토니 암스트롱　　　브랜든 키오

모터사이클 Suzuki DR650

기간 2013년 8월 16일(북한 입국) ~ 2013년 9월 17일(부산에서 출국)

주요 지점 마가단, 블라디보스토크, 두만강, 백두산, 함흥, 평양, 비무장지대,
　　　　　서울, 속초, 제주, 부산

목차

Part 4
남과 북은 DMZ를 사이에 두고 훈련한다

"그럴 필요 없습니다. 뉴질랜드 여권을 소지하고 있다면
모두 북한 방문이 가능할 것입니다."

Part 1

블라디보스토크에 서서
한반도를 바라보다

금기의 땅에 퍼질
엔진 소리

북한의 북쪽 끝에서 남쪽 끝까지. 그리고 남북한을 분할하고 있는 비무장지대DMZ, demilitarized zone를 통과해 한반도의 발끝까지 간다면? 오토바이를 타고 비무장지대를 통과하는 것은 완전히 불가능하겠지만, 그래도 북한에서 바이크를 타고 달리는 상상을 하면……. 남북한을 아는 대부분의 사람들과 마찬가지로 우리는 항상 남북한과 한국인에 대한 애착이 있었고 남북으로 분할된 이 민족을 보며 그 정치적 명청함을 개탄해 왔다.

조Jo는 Joanne의 약자이지만 발음은 남자 이름 Joe와 같다. – 역주는 악착같이 일했던 1980년대 처음으로 남한을 방문했고, 피상적이나마 한국어도 배우고 한국 음식과 사랑에 빠졌다. 2006년을 포함해 우리는 몇 차례 더 남한에 갔었다. 김치 키위 모터사이클 여행을 위해서였다. 비무장지대

16

남쪽 가장자리를 따라 달릴 때 개러스는 계속해서 북쪽을 향한 아쉬운 시선을 거두질 못했다. 그는 남한을 방문할 때마다 한국인들은 참 괜찮은 사람들이라고 생각했다. 무엇 때문에 제2차 세계 대전 때나 존재했던 그런 노망난 발상이 아직도 한반도를 분단국가로 남겨두고 있는 것인가? 베를린 장벽도 20년 전에 허물어지지 않았던가? 이제 세계가 이 분단 상황을 극복하기 위해 무엇인가를 해야 할 때가 왔다.

개러스는 북한에 들어가기 위해 무엇을 해야 하는지 이미 조사하고 있었다. 그는 실제로 북한에 여러 나라들의 대사관이 이미 들어가 있다는 것을 알았고, 그 나라들은 북한처럼 국제적으로 따돌림당하는 나라도 아니었고, '악의 축' 멤버들은 더욱이 아니였다. 스칸디나비아 국가들처럼 러시아와 좋은 관계를 가지고 있는 국가들도 그곳에 들어가 있었고, 심지어 북한에 투자도 하고 있었다.

1974년 학자들에 의해 양국 간 문화, 정치적 연계를 육성하기 위해 설립된 뉴질랜드-북한 협회가 있다는 것도 알았다. 그리고 한 북한 사람이 2년 후 북한-뉴질랜드 우호협회를 설립했다. 2006년 개러스는 북한에 가기 위해 무엇을 해야 하는지 알아보려고 70대의 감리교 목사인 돈 보리 회장에게 연락했다. 보리 목사는 그에게 자세히 설명했다. 그는 북한에 가는 모든 사람들이 정권의 공식 초청을 받아 들어간다고 했다.

"어떻게 하면 그런 초청을 받을 수 있나요?" 개러스가 물었다.

"내가 할 수 있는 게 뭐가 있을지 한번 생각해 볼게요." 보리가 대답했다.

그 후 몇 년 동안 보리 목사와 개러스는 연락을 주고받았고, 북한에서의 모터바이크 라이딩 전망에 대해 다양한 경로로 조사했다. 하지만 그것들은 모두 허사로 돌아갔다. "성사된 적도 없고, 절대 성사될 일이 아니네." "평양 관광 투어에서 만족하게나." "꿈도 꾸지 말게." 등 황당해 하는 웃음과 불쌍하게 바라보는 연민까지, 대답들도 가지가지였다. 이 일을 하려는 우리의 꿈은 완전히 짓밟혔다. 하지만 2011년 개러스는 시베리아 여행 구간을 계획하기에 이르렀다. 지도책을 보며 그는 우리가 마무리할 블라디보스토크가 북한 국경에서 그냥 깡충 뛰면, 아니 한 걸음만 내딛으면 닿을 수 있는 거리라는 것을 확인했다. 지금이 아니면 결코 못할 것이다. 그는 그렇게 마음을 먹었고 보리에게 전화를 걸었다.

"이보게, 개러스." 보리 목사가 말했다. "내가 죽기 전에 자네가 북한에 갈 수 있도록 하겠네."

보리 목사는 로저 셰퍼드라는 산악인과 친분이 있었는데, 그 역시 뉴질랜드인이었다. 그는 남한에 기반을 두고 있었지만 한반도에 길게 걸쳐 있는 산맥인 백두대간을 주제로 도감을 만들고 있었다. 백두대간에 대한 사랑과 존경은 남북한 사람들의 몇 안 되는 공통점 중 하나였다. 예전에 남한으로 여행 갔을 때 우리는 한국인들이 등산을 매우 좋아한다는 것을 알 수 있었다. 그들은 주말이 되면 산악

국립 공원으로 가는 버스를 타고 서울의 콘크리트 정글을 탈출해 한국인다운 그 무언가 내면의 영혼을 찾아 산봉우리에 올랐다.

그래서 우리는 백두대간의 사회 역사적 맥락을 연구하고 문서화하는 로저의 계획과 한국인의 얼과 정기를 담고 있는 그 장소를 이해할 수 있었다. 그는 지난 70년간 방문이 금지된 DMZ를 관통하는 백두대간 지역을 남북한 사람들 모두가 친숙하게 느끼도록 하는데 주력하고 있었다. 물론 그러기 위해서 북한을 방문해 북한 사람들과 함께 일해야 했다. 오직 그들만이 그의 작업을 가능하게 할 수 있었기 때문이다. 북한 사람들은 로저의 일에 열성적이었다.

그들 또한 한국인들에게 산, 특히 민족성을 간직한 산맥 중에서 가장 높은 백두산이 얼마나 중요한지 인식하고 있기 때문이었다. 그리고 그곳이 바로 한 5,000년 전 즈음에 한민족이 유래한 곳이다. 백두산은 중국과의 국경에서 바로 북한의 북동부에 자리 잡고 있다. 즉, 대부분의 한국인들은 가장 숭배하는 장소에 전혀 가보지 못했다. 백두산 정상에 자리 잡은 호수인 천지를 그린 그림들이 가정집을 비롯해 식당과 남북의 공공건물 벽을 장식하고는 있지만 말이다.

사전 답사를 하다
DMZ를 떠올리다

2012년 초 로저는 북한의 연락책에게 접선해서 그들이 어떻게 생각하는지 알아보겠다고 했다. 그리고 북한과의 관계를 30여 년간 지속해 온 보리 목사는 우리를 추천하는 편지를 써 주겠다고 했다. 북한에 잘 알려진 이 두 사람이 보증해 준다면 우리는 북한의 신뢰를 받을 수 있으리라. 그리고 우리의 예상은 바로 맞아 떨어졌다. 2주도 채 안 돼 이메일이 도착했다. 그것은 우리 두 사람이 며칠을 평양에서 보내며 북한 공무원들과 이야기하고, 도시도 잠시 관광하며 아시아와 더 넓은 세상, 그리고 북한의 역사 및 서방 세계와의 교착 관계에 대한 그들의 견해에 대해 배울 수 있는 공식 초대장이었다. 잘하면 오토바이를 타고 북한을 여행하려는 우리의 계획에 대해 논의할 기회가 있지 않을까 생각했다.

우리는 모든 것을 중단하고 이 기회를 놓치지 않고 북한 비자를 받기 위해 베이징으로 날아갔다. 그리고 평양으로 가는 비행기에 타기 전에 로저를 만났다. 사우스 차이나가 운행하는 그 비행기는 뭔가 불안했다. 공중에서 떠다니는 정교한 기계라기보다는 고철 덩어리처럼 보였다. 그리고 이는 하늘에서 덜컹하자 바로 증명되었다. 엔진에 문제가 생겼고, 평양 국제공항은 이를 수리할 만한 시설이 없었기 때문에 우리는 다시 베이징으로 돌아가야 했다. 대체된 항공편도 그다지 나아 보이지 않은 낡은 비행기였다. 하지만 다행히 아무런 사고 없이 평양에 착륙할 수 있었다. 우리는 평양의 어둑어둑한 공항 활주로에 내렸다는 것보다 무사히 착륙했다는 것 자체에 더 감격했다.

우리가 도착했을 때 평양은 어두웠다. 진짜 어두웠다. 조명 부족으로 인한 어두운 활주로뿐만 아니라 터미널의 조명은 제 구실을 하기보다는 겨우 분위기를 내는 정도였다. 현대 사회의 항공 여행객들에게는 익숙한 네온 불빛이 가득한 공간과는 거리가 멀었다. 북한이 전력 공급 부족 때문에 어려움을 겪고 있는 것은 사실이었다.

일반적인 이민국 수속 절차 후 모든 휴대전화는 압수당했고 보세 창고에 유치되었다. 우리가 북한을 떠날 때 다시 돌려준다고 했다. 그들에게는 이미 잘 알려진 로저와 우리를 맞이하기 위해 북한 정부에서 보낸 사람들이 기다리고 있었다. 말쑥하고 아주 젊어 보이는 요원인 황성철과 나중에야 알았지만 하나뿐인 여성인 조를 보살피

기 위해 특별히 파견된 미스 리가 우리를 반겼다. 그리고 우리 다섯은 바로 미니벤을 타고 시내 중심에 있는 평양 호텔로 어두운 거리를 헤치며 달렸다. 그 거리는 소등된 듯했지만 우리가 도시로 진입했을 때 넓은 가로수길을 달리고 있음을 알 수 있었다. 이따금씩 기념물이나 아치 길 혹은 도시 출입문의 당당한 윤곽들을 지나쳐 갔다. 파리, 캔버라와 브라질리아를 합친 것만 같은 북한의 유명한 건축 장식은 단번에 우리에게 깊은 인상을 주었다.

평양 호텔은 편안했고 앞으로 며칠 동안 우리의 일정은 학교, 대학, 박물관, 병원, 작업 농장을 방문하는 것이었다. 등산로를 걷고, 도시 지하철을 타고, 김일성 광장에 서 있을 때 꽤 오랜 시간 동안을

안내원과 온갖 종류의 주제에 대해 대화할 때에도 북한 요원들은 자신들의 조국을 가로질러 달리고 싶어 하는 이 제정신 아닌 사람들의 의중을 파악하기 위해 끊임없이 노력했다. 우리의 입장에서 보자면 이 방문은 처음으로 북한을 경험하는 것이었고, 우리가 갖고 있던 북한에 대한 이미지를 현실과 대조할 수 있는 기회였다.

그러나 우리는 목적을 가지고 여기에 왔다. 그것은 우리가 오토바이를 타고 이 나라를 달리는 것을 허가하는 공식 초대장을 확보하는 것이었다. 그래서였는지 우리의 제안에 대해 논의하기 위해 관계자들과 공식 회의 자리에 모였을 때는 약간의 두려움마저 있었다. 하지만 쌀에서 증류한 불 같이 독한 술인 소주를 연속으로 단숨에 들이키며 호화로운 식사를 했고, 식사를 마칠 때까지 토론을 시작할 수 없었다.

그들의 첫 번째 질문은 '우리가 왜 이것을 원하는가.'였다. 예상했던 질문이었다. 우리는 12년간 모터바이크로 세계를 여행해 왔고, 북한도 세계의 일부이므로 우리의 여정에 포함시키고 싶다고 설명했다. 이어진 질문은 몇 명이나 이 여행에 참가할지였다. 이번 바이크 라이딩은 다른 멤버들보다 우리에게 훨씬 더 많은 의미가 있었다. 그리고 그냥 단순하게 우리가 이전에 남한을 수차례 방문했던 사실과 조가 아주 기본적이나마 한국어를 구사할 수 있기 때문에 이번 여행에서는 두 명의 바이커가 라이딩을 할 것이라고 얘기했다. 그 관계자들은 서로 눈빛을 교환했다.

"하지만 보통 한 그룹에 최대 여섯 명 정도는 타지 않나요?" 누군가 물었다.

우리는 그렇다고 대답했지만 만약 북한이 우리 둘에게만 오토바이 여행을 허락한다면, 다른 멤버들은 북한을 통과하지 않고 바로 남한으로 갈 각오를 하고 있었다.

"그럴 필요 없습니다. 뉴질랜드 여권을 소지하고 있다면 모두 북한 방문이 가능할 것입니다."

이제는 우리가 시선을 교환할 차례였다. 서로의 얼굴엔 흥분한 기색이 역력했다. 다음 토론의 주제는 여행 경로였다. 블라디보스토크에서 평양과 거의 같은 위도에 자리 잡은 원산항으로 들어가는 것이 북한 사람들에게는 가장 쉬운 진입점이 될 것 같았다. 하지만 그럴 경우 북한의 북부 3분의 2 가량을 대부분 놓치기에 우리로서는 그다지 내키지 않았다. 우리는 러시아 국경을 넘어 육로로 들어가는 방법을 고려해 줄 수 있을지 물었다. 이 부탁은 일을 크게 만든 셈이었다. 왜냐하면 일반적으로 관광객이나 외국인들은 평양 주변 지역이나 먼 북쪽의 함흥으로만 여행이 제한돼 있었기 때문이었다. 우리의 호스트는 이 요청을 수첩에 적었고, 요구 조항에 이것도 포함하겠다고 말했다.

그날 저녁에 이루어진 토론의 핵심은 어떻게 바이크를 타고 북한에서 출국하는지에 관한 것이었다. 물론 우리는 이에 대해서도 준비가 돼 있었다. 우리는 평양의 북동쪽에 있는 중국의 단동으로 나가면 어떻겠냐고 제안했다.

다시 시선들이 교차했다.

"하지만 동무는 남북한 전체를 종단하고 싶지 않습니까?"

"물론 그렇지요." 우리는 대답했다. "하지만 우리 계획은 단동 근처에서 페리를 타고 남한의 인천 항구로 가서 거기부터 다시 오토바이를 타는 겁니다."

"그럴 필요 없을 텐데요."라는 대답이 들렸다. "우리는 동무들이 DMZ를 가로질러서 바로 남한으로 진입하는 것도 좋을 것 같습니다."

청천벽력과 같은 소리였다. 꿈에서조차 그것이 가능할 것이라 생각해본 적이 없었다. 한국인 이외에 그 누구도 개인 운송 수단으로

DMZ를 지나간 역사가 없었다. 최근엔 남한에서 북한 내부의 경제 자유 구역인 개성공단으로 오고 가는 차량만이 유일했다. 우리는 그것이 꿈을 실현하는 일이라고 덧붙이며 재빨리 동의했다.

"물론 당신은 남조선 동무들로부터 허가를 받아야 할 것입니다." 우리의 호스트인 백경일이 상기시켜 주었다. "남조선에서 문을 열어 줘야 할 것입니다. 행운을 빕니다. 쉽지는 않을 겁니다."

뉴질랜드에서
북한 대표단과의 만남

개러스는 하루라도 빨리 일을 처리하기 위해 뉴질랜드로 돌아가자마자 바로 외무부에 우리가 계획하고 있는 것에 대해 알렸다. 유엔의 대북 제재 같은 것에 관여하고 있는 뉴질랜드 정부가 이 여행을 금지할 가능성이 있는지에 대해 알아내야 했기 때문이다. 그러나 외무부에서는 우리를 지지해 주었고, 그들이 할 수 있는 한 뉴질랜드 정부 쪽에서 이 여행을 훼방 놓는 일은 없도록 하겠다고 약속했다.

한편 우리는 이 꿈의 여정에 대한 계획을 북한 관계자에게 보냈다. 그리고 로저와 대화하면서 백두대간 전체를 오토바이를 타고 여행하겠다고 생각했다. 그리고 이 산맥의 상징성을 이용해서 이 민족은 5,000년 동안 이어져 내려온 혈연 사회이며 이 혈연 사회가 거의

70년 가까이 무력으로 중단돼 있다는 것, 또한 남북한 이 두 나라가 공존할 수 있는 방법을 찾아야 한다는 것을 한국인들에게 상기시킬 수 있지 않을까 하는 생각이 들었다.

현대에는 남북한처럼 정치 체제는 극단적으로 다르지만 서로에게 총구를 겨누지 않고 공존하고 있는 수많은 이웃 나라들이 있다. 관계 정상화를 촉진하고 공동의 이익을 강조해 그 차이를 존중하자는 아이디어는 우리의 역사적 남북 종단을 수행하는 데 버팀목이 되는 현실적인 테마일 것 같았다. 백두대간이 북쪽의 백두산에서 시작해 남쪽의 한라산에서 끝나는 것을 감안할 때 우리는 두 개의 화산 사이를 달릴 것이고 이는 참된 하나로서의 한반도를 상징하게 될 것이다. 북한에서는 이런 우리 생각을 받아들이는 듯했고, 따라서 공식 초청만 기다리면 되는 것이었다. 우리는 모든 기반 작업을 끝냈다. 아니, 그렇다고 생각했다. 그때 우리는 너무 순진했던 것이다.

보리 목사와 로저 셰퍼드는 우리를 대신해 여러 가지 일을 했다. 보리 목사는 서신으로 북측과 연락했고, 로저는 자신의 다음 계획인 단기 일정 산행을 위해 북한으로 들어가서 그들과 직접 만나 일을 진행했다.

북한 대표단이 뉴질랜드로 온다는 소식을 들었다. 우리의 북한 연락책은 오지 않았지만 보리 목사는 대표단 대부분과 아는 사이였다. 그래서 우리는 웰링턴에서 그들을 환영하는 파티를 계획하고 그들이 머무는 동안의 호스트 역할을 자처했다. 한 달 후 미스터 황과 미스터 백이 2012년이 지나기 전에 뉴질랜드에 오려고 애쓰고 있으나 비자 문제로 어려움을 겪고 있다는 얘기를 들었다. 그들은 우리에게 자신들을 추천해 줄 수 있는지를 물었다. 개러스는 이미 뉴질랜드 외무부가 이 모터사이클 여행에 대해 알고 있다는 것에 뿌듯해했다. 우리도 북한에 가는 마당에 북한에서 뉴질랜드를 방문하는 것에 대해 반대할 이유가 전혀 없을 테니 말이다. 하지만 알고 보니 황과 백의 비자는 나오는 데만 거의 5달이 걸렸고, 그때 즈음 개러스는 사업차 해외로 출타 중이었다. 따라서 그들이 웰링턴에 도착했을 때 북한 대표단을 접대하는 것은 조의 몫이었다.

대표단은 어느 이른 오후에 도착했다. 해밀턴에서 공부하기 위해 온 세 명의 예비 교사들과 미스터 백, 미스터 황 그리고 경호원인 것 같은 두 명의 남자들이 뉴질랜드 북한 우정회 멤버 한두 명과 같이 있었다. "맙소사." 조는 문을 열며 크게 웃었다.

"난 한 번에 이렇게 많은 검은색 정장을 한 남자들의 방문을 받아 본 적이 없어요."

그녀는 그들을 안으로 안내했다. 그들은 우리의 오래된 집과 수년 동안 축적된 자질구레한 장식품들을 둘러보았다. 모두 거실에서 앉을 만한 곳을 찾아 똑같이 뻣뻣한 자세를 하고 있었다.

"모두 차 한잔 하시겠어요?" 조가 물었다.

무뚝뚝하게 고개를 끄덕였으나 분위기를 보아하니 명백하게 실망한 눈치였다.

북한은 조선로동당, 천도교청우당, 조선사회민주당이 있는 형식상 다당제이지만, 사실상 조선로동당의 일당 체제다.

"아니면 와인을 더 좋아하세요?" 조가 말했다.

"예, 와인 좋아요." 미스터 백이 재빨리 대답했다.

"편히 계세요. 구경도 하시고요." 조가 개러스의 와인 저장고에 가려고 자리를 뜨며 말했다. 검은 정장의 남자들이 위층과 아래층을 오가며 집안을 구경했고, 정원에도 몇 명 있는 것이 보였다. 조는 좋은 적포도주를 와인 잔에 따랐다. 이들은 줄지어서 각자의 잔을 챙겼고, 조와 서로의 잔을 부딪쳤다. 조가 미스터 백과 건배하기 위해 다가갔을 때 수년 전 그녀가 남한을 방문했을 때 누군가 알려 준 정보 하나가 기억났다. 그것은 윗사람에게 겸손을 표시하려면 건배할 때 자신의 잔이 상대방의 잔보다 낮게 해야 한다는 거였다. 그 사람이 덧붙이기를 이는 구식 관습이고 대부분의 공식적인 자리를 제외하고는 잘 행해지지 않는다고 했다. 하지만 조는 그녀의 잔을 미스터 백보다 낮게 맞추었고 미스터 백도 그의 잔을 낮추려고 했다. 그들은 다시 맞추다 또다시, 결국엔 무릎을 약간 구부렸다. 나중에는 아예 무릎을 꿇고 마지막 시도를 하며 서로에게 웃음을 터뜨렸다. 그들은 완벽하게 동등한 조건의 자신들을 발견하고 잔을 바닥에서 밀어 건배했다. 모두 박장대소를 하며 웃었다.

"이런 우리 관습은 어디서 배웠지요?" 미스터 백이 물었다.

몇 병을 더 마신 후에는 방안이 온통 축제 분위기였다. 보리 목사와 그의 아내 린달이 도착했다. 그들을 성대하게 환영했다. 조는 오븐에서 거대한 연어 등심을 꺼냈고, 사람들의 입이 떡 벌어졌다. 미스터 백과 다른 두 명이 음식을 날랐다. 조는 곧 아스파라거스를 받고, 다음엔 롤빵 그리고 디저트로 준비한 과일 샐러드가 옆에 담긴 연어를 받았다. 그녀가 했더라면 그 순서로 서빙을 하진 않았겠지만, 큰 문제는 아니니까 내버려 두기로 했다. 물론 와인도 그녀가 느긋해질 수 있도록 도움을 주었다.

저녁 식사 후 대표단 중 몇 명은 개러스의 당구대에서 당구를 쳤다. 즐겁고 활기찬 대화가 오고 갔다. 가야 할 시간이 되었고, 조는 뉴질랜드에서 작별할 땐 안주인의 뺨에 키스하는 것이 관습이라고 공표했다. 깔끔한 블랙 정장의 줄에 선 대표단은 제대로 관습을 따랐다. 조는 킥킥대느라 말하기도 힘들었다. 미스터 백은 당황함을 여실히 드러내며 그녀와 작별 인사를 했다.

그날 저녁 개러스는 불안하고 긴장된 목소리로 조에게 전화했다.

"그래서 당신은 그들에게 좋은 인상을 준 것 같소?"

"그런 것 같아요." 조가 대답했다.

북한 관계자들과 세부 사항들 – 경로, 목적, 바이커들의 여권 – 에 대해 확실히 하기 위해 웰링턴과 평양 간 이메일을 주고받는 횟수가 눈에 띄게 늘어났다. 그리고 그들은 우리의 진정성을 알아준 것 같았다. 우리는 웹사이트의 세부 정보를 제공하고, 지금까지 우리의 바이크 여행기를 담은 여행 도서들의 사본을 보냈다. 우리는 행여나 기회를 망쳐 버린 건 아닌가 생각했다. 그 책들은 우리가 방문했던 국가들의 정치, 사회의 특정 측면에 대한 우리의 생각이 다분히 단

도직입적으로 표현돼 있기 때문이었다.

하지만 그렇지 않았다! 북한 사람들은 우리가 약간은 삐뚤게 세상을 보는 것에 공감하는 것이 분명했다. 왜냐하면 2013년 2월 마침내 그들은 우리의 선택 경로 및 여행의 목적에 만족해 검열을 통과시켰기 때문이다. 그쪽에서 곧 채비를 시작할 것이다. 이 여행은 전무후무한 일이었기 때문에 우리의 연락책인 미스터 황과 백은 그 도로들이 바이크가 다닐 만한지를 알아보기 위해 전 경로를 직접 다녀 봐야 했다. 게다가 그 여행 경로를 잇는 도로들을 이용할 수 있도록 각 지방 당국의 관리자들과 연락도 취할 필요가 있었다. 분명히 이 계획은 그들의 관점에서도 중대한 사안이었고, 우리가 북한에 도착했을 때 이 여행을 실현시키기 위해 수백 명의 사람들이 수고하고 있다는 것을 알게 되었다. 정말 놀라운 헌신이 아닐 수 없었다.

그리고 우리는 해내고야 말았다! 우리 모두에게 초대장이 도착했다. 개러스는 이젠 고생이 끝났다고 생각하며 DMZ를 통과해 남한으로 진입하기 위해 대한민국 정부와 협상하는 데 관심을 쏟기 시작했다.

냉담한
대한민국 정부의 반응

한 무리의 바이커들이 DMZ를 통과해 북한에서 남한으로 간다는 개러스의 계획은 대한민국 대사관 직원들이 간만에 들은 재미있는 농담 정도로 취급되었다. 뉴질랜드 외무부도 비슷한 반응이었다. 게다가 엎친 데 덮친 격으로 그 당시 대한민국과 미국이 공동으로 개최했던 군사 훈련 때문에 남북 관계는 악화 일로로 치닫고 있었다. 그들 간의 말싸움은 보통 짭짤한 재미가 있는데 이번엔 북한이 남한에 선제 핵 공격을 시작하겠다고 위협했고, 실제로 남북한 사령부 간의 긴급 직통 전화가 단절되기에 이르렀다.

그때쯤 우리는 시베리아 구간의 출발선인 마가단으로 오토바이를 운송하는 과정에 있었다. 개러스는 주 뉴질랜드 대한민국 대사인 박용규 대사에게 연락을 취해 우리가 DMZ를 통과해 남한으로 들어갈 수 있도록 도움을 요청했다. 남한 정부에서는 남북 관계가 수십 년 만에 가장 저조한 상황이라 개러스의 계획은 논의해 봤자 소용없을 것이라고 일축했다. 공정하게 말하자면 서울은 그럴 만한 이유가 있었다. 불과 한두 달 전에 미국인인 케네스 배가 종교 문학을 북한으로 넘기려다가 체포돼 억류되었다. 미국은 이를 심각하게 받아들였고 북한은 개성공단을 폐쇄하고 남한과 마지막 남은 공식 전화선을 끊어 버리겠다고 위협하며 대응했다. 우리 제안서가 관료들의 책상에 놓여졌을 때 서울에서 얼마나 황당해 했을지 안 봐도 눈에 선했다.

5월에는 시간을 두고 이 악화된 관계가 개선될 수 있을지 보기로 한 후 개러스는 관계자들이 우리 야망에 좀 더 공감하도록 하는 시도를 단계적으로 확대하기로 마음먹었다. 그는 지역 웰링턴 일간지와 다른 모든 미디어에 연락했다. 머지않아 멜번 에이지Melbourne Age를 비롯한 각종 해외 미디어에서 개러스가 남북한을 오토바이로 종단하려는 계획에 대해 보도하며 은둔형 북한 정권이 동의한 이 마당에 자유주의 국가라고 하는 남한에서 동의하지 않아 그가 실망하고 있다는 내용의 기사가 나왔다.

이 일이 미디어에 충분히 노출된다면 남한 측에 큰 부담이 될 것이라는 생각이었다. 게다가 이때는 이미 우리가 북한을 통과해 DMZ에서 자유세계의 문을 두드리며 소란을 피우는 형국이었으니 그 압박이 더 심할 것이라고 생각했다. 한편 뉴질랜드 외무부는 남

공동경비구역은 동서 800m, 남북 400m의 지대로, 남북의 군인들이 대면한다.

한 쪽 DMZ를 통제하는 유엔군 사령부의 허가가 필요할 것이라고 말해 주었다. 이는 비교적 쉽게 이루어졌다. 유엔은 대한민국에서 괜찮다면 반대할 이유가 없다는 응답을 해 왔다.

대한민국 정부는 우리 계획에 동의할지 어쩔지를 모르고 있는 듯했다. 대한민국 관료들은 그야말로 한동안 머리를 긁적이고 있었던 것 같았다. 마치 수영이 금지된 해변을 순찰하는데 갑자기 바다에서 육지를 향해 헤엄쳐 오는 사람과 맞닥뜨린 것과 같은 딜레마에 직면했다고나 할까.

한편 평양에서 미스터 황은 미스터 백과 함께 북부 지역들을 돌면서 우리가 러시아 국경에서 평양까지 내려갈 수 있도록 모든 조치를 취했다고 알려 왔다. 그 말은 마치 북한의 각 지역들이 우리의 통과 여부에 대해 완벽한 통제권을 갖고 있는 자치 단체처럼 들려서 흥미로웠다. 어쨌거나 그렇게 북한에서 좋은 소식이 들려 왔고, 우리는 러시아에서부터의 여행 경로를 정비했다. 구체적으로 어떻게 하산 Khasan에서 국경을 넘고 두만강을 건너 두만강동까지 갈지를 말이다. 횡단의 유일한 방법은 철도 다리였고 우리는 북한에서 입국 비자를 발급할 것이라 예상되는 8월 16일 우리와 오토바이를 북한까지 운송해 줄 러시아 철도를 예약하는 문제에 직면했다.

하지만 러시아인들은 우리와 오토바이를 선뜻 기차에 태우고 싶지는 않은 듯했다. 동부 러시아 철도는 우리가 북한 비자를 갖고 있으니 여행할 수 있지만 오토바이는 절대 안 될 것이라고 말했다. 그리고 이 여행에서 북한 구간이 가장 어려울 것이라고 생각했던 우리가 뭘 몰랐던 것이다! 러시아와 대한민국에서 꼬이는 문제들 사이에서 우리가 북한과 한 협상들은 이 웅장한 계획의 가장 간단한 절차처럼 느껴지기 시작했다. 하지만 6월 17일 새로운 국면 전환이 있었다. 주 뉴질랜드 대한민국 대사관의 심 참사관이 연락을 해 온 것이다.

"모건 박사님, 좋은 소식이 있습니다. 서울에서 방금 연락을 받았는데, 박사님 일행이 비무장지대를 통과하는 것을 허락했습니다. 몇 가지 조건들이 있을 것이고 박사님께서 작성하셔야 할 서류가 있지만 대한민국은 박사님의 입국이 용이하게 돼 기쁘게 생각합니다."

개러스는 너무 신이 나서 심 참사관이 읽어 주는 조건들을 듣는 둥 마는 둥 했다. 북한이 우리가 DMZ를 통과하기 2-3주 전에 서울의 통일부와 공식적인 경로를 통해 연락하고, 우리가 국경에 도착하기 이틀 쯤 전에 다시 연락하는 조건이었다.

"모건 박사님 이건 매우 이례적인 일이에요." 심 참사관이 말했다.

"알고 있어요." 개러스가 대답했다.

"아 그런 게 아니고요. 특이한 경우라는 걸 이해하셔야 해요."

"이해하는데요."

"아니, 이건 매~우 이례적인 일이에요. 전무후무하거든요."

개러스는 잠시 말을 멈췄다.

"그리고 가장 먼저 우리가 할 일은 북한과 남한 사이의 전화선을 다시 연결하는 것이에요. 이후 그들이 먼저 우리에게 전화를 해야 합니다."라고 말했다.

"그들이 당신들의 전화번호를 가지고 있습니까?"

마치 뭔가를 참는 듯한 이상한 소리가 들렸다. 그것은 웃음을 참느라 그랬을 수도 있고 억누르기 힘든 화를 참고 있던 것일지도 모르겠다.

"예, 모건 박사님. 북에서도 우리 번호를 알고 있습니다."

데이브,
브랜든, 토니

우리는 팀을 만들기 시작했다. 데이브는 이 여행을 위해 또다시 은퇴 생활에서 나와야만 했다. 브랜든과 토니도 열성적이었다. 그리고 토니는 바이크를 타면서 세상의 일부를 얻고 싶다던 러시아 친구들과 시베리아 구간을 함께할 것을 제안했다. 정말 좋은 생각이었다. 불모지나 다름없는 곳에서 바이크를 탈 때 현지인들과 함께한다면 큰 도움이 될 것이다. 토니는 그들의 사람 됨됨이와 오토바이 실력을 보장할 수 있다고 했고, 우리는 그것으로 충분했다.

모스크바에 있는 콘스탄틴 메카노신에게 이제 일을 시작해도 된다는 연락을 보냈다. 그는 시베리아에서 가장 큰 지방인 야쿠티아에서 지원 차량 두어 대와 소형 사륜 구동 트럭을 갖고 사업하는 사람이었다. 오토바이와 소형 사륜 구동도 실을 수 있고 급류를 건널 때 쓰이는 훨씬 더 큰 사륜 구동 트럭 비슷한 것도 가지고 있었다.

광활한 러시아 땅에서 이 모든 것을 준비하는 동안 얼마나 많은 피와 땀, 눈물 그리고 보드카를 흘렸는지 누가 알겠는가. 게다가 우리는 러시아어를 할 줄 몰랐기 때문에 북한이 국경에 오라고 한 날짜를 변경했다는 소식을 전했을 때 러시아 쪽 사람들이 무슨 말을 했을지는 상상에 맡길 수밖에 없었다.

토니와 브랜든은 곧 진퇴양난에 빠졌다. 새로운 북한의 일정과 세심하게 배치된 그들의 꼼꼼한 계획 사이에서 말이다. 만약 토니와 브랜든이 우리와 함께 북한에 오고 싶어 할 경우에는 그 러시아 동료들과 함께할 수 없을 것이고, 그 반대의 경우에도 마찬가지였다. 우리는 토니가 어떤 반응을 보였을지는 상상할 필요도 없었다.

하지만 결국 그들에게는 선택의 여지가 없었다. 그들도 우리와 함께 섬머 로드Summer Road라고 불리는 곳에서 라이딩을 하기로 결정했다. 그들은 블라디보스토크에서 잠시 쉬면서 우리가 올 때까지 기다려야 했다. 하지만 거기에도 복잡한 문제가 있었다. 이미 발행된 그들의 러시아 비자는 우리가 러시아에서 북한으로 떠나기 전에 유효기간이 만료될 것이었다. 비자 없이 러시아에 머무는 것은 범죄 행위로 간주된다. 그들은 러시아를 떠났다가 새 비자를 발급받고 다시 러시아로 들어와 블라디보스토크에서 우리를 만나야 했다. 그냥 뉴질랜드로 돌아갔다가 다시 새 비자를 가지고 3주 후에 러시아로 돌아오는 것이 낫지 않나 싶었다. 이것은 전에 아무도 가보지 못한 곳을 가려는 과정 중에 발생하는 수많은 복잡한 문제 중의 하나일 뿐이었다. 동쪽에서 서쪽으로, 로드 오브 본즈The Road of Bones를 가로질러 북한 국경의 남쪽으로, 북에서 남으로 가로지른 후 DMZ를 통과해 남한으로, 그리고 또 남한을 종단하는 여정. 이들은 세상에서 가장 통과하기 쉬운 국경들이 결코 아니었다.

북한에
들어가는 방법

           우리가 북한을 종단한 후 DMZ를 통과해 남한으로 진입하는 과정은 모두 해결된 것처럼 보였고, 개러스는 러시아에서 북한으로 건너가는 일을 처리하기 위해 모든 신경을 집중했다. 러시아 하산에서 북한과 국경을 형성하는 두만강을 가로지르는 기차가 일주일에 한두 번 있다는 것을 확인했다. 그 기차는 주로 북한 노동자들이 시베리아의 광산과 숲으로 이동할 때 쓰인다고 했다. 그들은 그곳에서 힘들게 외화벌이를 하고 있었다. 그 기차는 또한 북한 최북단에 있는 나선시 지역의 항만 개발을 위해 일하러 가는 러시아 노동자들도 수송했다.

    문제는 그 기차가 오토바이 같은 화물을 운반하지 않는다는 것이었다. 예전에 남극 대륙으로 여행 갔을 때, 여름 동안 러시아 극동 지역에서 북극으로 오고 가는 러시아 국적 선박을 탔던 적이 있었다. 개러스는 그 선박의 운영자이며 뉴질랜드 회사인 저스트 러시아 트래블Just Russia Travel의 설립자 로드니 러스에게 도움을 요청하기로 했다. 여행사 직원인 카티아와 나탈리아는 기꺼이 우리를 돕기 위해 애를 썼다. 영어와 러시아어를 유창하게 구사하기는 했지만 이 국경을 넘는 문제에는 그다지 큰 도움을 주지 못했다.

개러스는 그들에게 두만강 위의 다리를 찍은 사진을 전송했다. 그것은 100미터가 채 되지 않아 보이는 곧 무너질 듯한 철교였다.

"보세요. 나무로 된 침목이 다리 중간을 가로지르고 있어요. 내 바이크로 그 위를 지나갈 수 있을 것 같은데요? 열차는 신경 쓸 필요 없을 것 같아요." 그는 사진과 함께 이렇게 적어 보냈다.

"불가능합니다." 라는 대답이 돌아왔다. 꼭 기차로만 건너야 한다고 했다.

따라서 대화는 일반 기차에 연결할 수 있는 철도 화물차를 구하려면 어떻게 해야 하는지로 흘러갔다.

"가능할지도 모르겠어요."라고 답장이 왔다. 아예 기차 한 대를 다 빌려야 하는 상황이 될 수도 있었다.

개러스는 러시아에서 중국으로 이동한 후 중국에서 북한의 가장 북쪽으로 가는 아이디어를 내놓았다. 결국 구글 지도를 찾아보니 다리 하나가 하산-두만강 철교에서 불과 25킬로미터 떨어진 상류에 있다는 것을 발견했다. 하지만 그 다리는 중국을 통해 이 은자隱者의

왕국으로 들어가는 길이었다. 이는 원종이라고 불리는 국경을 지나는 것으로 조선민주주의인민공화국과 중국 북동부의 권하 지역을 연결하고 있다. 이제 문제는 중국 당국이 우리가 러시아에서 중국을 통과해 북한으로 출국하는 것을 허가할 것인가였다.

그들은 지난 2005년 우리가 오토바이를 타고 중국을 횡단했을 때, 안내원과 에스코트 차량을 고용하라고 강요했고, 현지 운전 면허를 따는 것 등 온갖 요구를 해댔었다. 제발 이번에는 좀 쉽게 그냥 중국에서 바이크를 싣고 원종의 다리까지 간 다음 북한으로 건너가기를 바라고 있었다.

우리는 지난 2005년 중국 극서부의 우루무치를 여행하며 알게 된 압둘라와 지금까지도 연락하고 있었다. 우리는 그에게 연락해서 동북부의 중국인들이 우리의 난데없는 요청을 받아들일지 여부를 알아봐 달라고 부탁했다. 대답은 신속하고 명확했다.

"그럴 일은 없을 것이다."

압둘라에 의하면 그랬다. 그리고 그 숨은 의미를 추측해 보면 중국군은 자신들의 영토 한 구석에 오지랖 넓은 외국인들이 가는 것을 반기지 않는다는 뜻이 아닌가 싶었다. 그들이 얼마나 대북 유엔 제재를 무시하고 있는지 외국인이 알아채면 안 되니까.

우리는 다시 러시아에서 기차에 바이크를 싣고 하산에서 교차하는 방법으로 돌아왔다. 그사이 우리 오토바이들은 마가단 항구에 조만간 도착할 예정이었다. 따라서 우리가 러시아를 떠나 북한으로 들어갈 방법을 찾아내는 것은 상당히 긴급한 문제였다.

개러스는 컴퓨터 모니터 속의 철교를 계속 응시하며 이를 갈았다. 중국의 퇴짜에도 불구하고 만약 DMZ를 통과해 북한을 빠져나가는 계획이 무산되어 중국을 통해 떠나야 할 경우를 대비해 중국 비자도 얻어야 했다. 그래서 그는 신중히 행동하기로 결정했다. 하지만 우리가 러시아와의 이 기 싸움에서 이기지 못할 경우를 위해 우리는 차선책의 차선책 또한 필요했다.

이 모든 계획이 수포로 돌아간다면 우리는 블라디보스토크에서 일본으로 운항하는 페리에 몸을 싣고 퇴각할 것이다. 한반도 전체를 종단하려는 꿈은 물거품이 되어 버린 채 말이다. 불안과 걱정으로 잠도 제대로 못 자는 나날들이 계속되었다.

우리의 타이어 자국이 이미 전 세계의 많은 곳을 뒤덮은 지금 우리는 모터사이클 원정대를 조직하는 데 있어 아주 베테랑이 돼 있었다. 국경을 넘어 오토바이와 바이커들을 이동시키는 운송의 복잡함과 세관 및 출입국 절차, 보험, 카르네^{무관세 허가증}, 비자 그리고 검역 등을 처리하는 데 매우 익숙했다.

그러나 이것은 우리가 착수했던 그 어떤 여행과도 비교할 수 없었다. 이것은 마치 각기 다른 방향으로 회전하고 있는 온갖 크기의 바퀴가 제대로 된 위치에서 서로 맞물려 동시에 작동하는 거대하고 정교한 기계를 고민하는 것 같았다. 그리고 이것은 우리의 편안한 밤에 전혀 도움을 주지 않았다! 마가단을 떠나기 전 2주일 정도는 "이

봐! 우리 이거 했었던가? 이 방법은 우리가 생각해 봤었나?" 하며 자다 말고 서로의 어깨를 두들겨 깨우는 것에 익숙해져 있었다. 우리가 홍콩을 거쳐 마가단으로 들어가는 비행기를 타러 공항에 갔을 때까지도 이 여행이 실현 가능한지 판단하는 것은 불가능했다.

사만 달러짜리
화물 열차

블라디보스토크에 도달할 때쯤에 우리는 상상할 수 있는 범위 안에서 가장 힘들었던 6,000킬로미터의 시베리아 횡단 여행으로 완전히 지쳐 있었다. 우리는 비 내리는 마가단에서 여행을 시작했다. 그리고 때마침 개러스의 몸 상태는 평소보다 눈에 띄게 좋지 않았다. 포장도로는 불과 200킬로미터도 못 가서 끝나버렸고, 거기서부터 북쪽 우스트네라Ust-Nera로 올라가는 길은 진흙탕 길이었다.

우리는 여행을 하다 만나는 외지의 거의 버려진 마을들로 들어가 그때그때 임시변통으로 숙소를 해결했다. 지구상의 생명체가 사는 곳 중에서 가장 가혹한 기후인 시베리아는 역사의 대부분 동안 순록을 키우는 유목 민족만이 거주했다. 그러나 금이 처음 발견된 1930

년대부터 소련은 콜리마 유역의 부를 추출하기 시작했다. 콜리마는 대략 시베리아해, 북극과 오호츠크해 사이에 있는 지역으로 정의되는데 구소련의 유콘이 이곳에 해당되며 엄청나게 많은 양의 미네랄을 생산해 냈다.

하지만 이 지역은 그 빛나는 부보다는 그것을 얻기 위해 든 끔찍한 비용으로 기억되고 있다. 금광과 그 금광을 유지하기 위한 시설은 강제 노역에 의해 지어졌다. 콜리마는 스탈린의 통치 아래 번영했던 소위 '수용소 군도'보다 더 잔인한 형태의 하나였다. 로버트 콩퀘스트_{정복이라는 의미}라는 멋진 이름을 가진 역사학자는 그의 책 〈콜리마〉에서 1932년에서 1952년 사이에 이 지역에서만 300만 명 가까이 사망했다고 추정했다.

이 수치는 계속 논쟁돼 왔고, 다른 주장에 의하면 그보다 낮은 50만 명 정도만 사망했다고도 한다. 하지만 스탈린이 소련을 산업화하려는 자신의 캠페인에 필요한 재물을 좇느라 얼마나 많은 사람들이 처형당했고, 기아와 궁핍으로 죽어갔는지는 알 길이 없다. 그 절정기에 콜리마에서는 인간의 생명을 희생시키며 매 킬로그램의 금을 짜낸 것으로 추정하고 있다.

죄수들 ― 범죄자, 반체제 인사, 동성애자, 그리고 불법 정치 활동으로 고발된 사람들 ― 은 끔찍한 호송 과정을 거쳐 마가단에 도착했다. 가장 기본적인 시설만 갖춘 배를 타고 북극을 거쳐 오는 길에 살아남았다면 말이다. 그들은 초기 죄수들에 의해 지어진 콜리마 고속도로를 따라 북쪽으로 파견됐다.

강제 노동 수용소, 즉 굴라그Gulag는 도로를 따라 길게 줄지어 있었고, 그 수감자들은 땅을 파고 시베리아의 타이가 숲에서 운반되어 온 금을 패닝 접시로 가려내는 일을 했다. 그들의 옷과 장비는 열악했고, 의도적으로 영양실조 상태에 놓여 있었다. 작업을 거부하거나 제대로 수행하지 못하는 죄수들은 가차 없이 처형되었다. 혹은 단순히 굶주리거나 저체온증으로 사망하기도 했다. '강제 노동 수용소 군도'라는 단어를 처음 써서 이 끔찍한 체제에 세계적인 관심을 불러일으킨 작가, 알렉산드르 솔제니친의 말에 의하면 콜리마는 '추위와 인간 잔인함의 극치'였다.

우리는 공식적으로 M56이라고 지정된 콜리마 고속도로를 달렸다. 이 고속도로는 주로 육체노동에 익숙하지 않은 정치범들에 의해 영구 동토층 위에 지어졌다. 그들은 떼죽음을 당했고, 효율적으로 유해를 처리하기 위해 대다수의 피해자들이 이 도로 밑에 묻혔다. 그것이 바로 콜리마 고속도로의 다른 이름인 로드 오브 본즈를 설명하는 것이다. 그 이름 아래 이곳은 바이커 원정대들 사이에서 전설이 되었다.

구소련이 이 지역의 광물을 열심히 착취하는 동안은 콜리마 고속도로를 따라 거대한 정착지들이 늘어서 있었다. 그러나 1980년대에 시작된 소련의 쇠퇴, 결국 1990년에 붕괴하면서 그 정착지들을 유지하려는 의지도 함께 사라졌다. 대부분의 경우 러시아 서부의 더

시베리아의 도로는 북한의 도로보다 상태가 좋지 않았다.

나은 지역으로 자발적으로 이동했다. 어떤 이들은 러시아 정부가 마을로의 도시 난방 공급을 중단했기 때문에 다른 데로 갈 수밖에 없었다.

하지만 주로 갈 곳 없고 같이 갈 가족이 없는 노인들은 아직 이 버려진 마을들에 유령처럼 여전히 남아 있었다. 그리고 이곳에서 벌어지는 불법 행위에 대해 수없이 많은 경고를 받는다고 했다. 하지만 우리는 가는 곳마다 정말 따뜻한 환대를 받았고, 그 음울하고 버려진 마을들에서 우리가 받았던 그 환영의 추억은 인간 불굴의 정신을 재차 확인케 했다. 우리는 우스네라에서 남쪽으로 방향을 바꿨고, 이 3,000킬로미터의 도로에서 개중 나은 부분을 힘겹게 달려가고 있었다. 진흙탕과 자갈길, 뿐만 아니라 질식할 것 같은 먼지 구름을 뚫고 달려야 하는 대단히 힘든 여정이었다. 우리는 다른 여행에서와는 달리 엄청난 압박감을 느끼며 달리는 중이었다.

우리는 2013년 8월 13일 화요일에 블라디보스토크에서 조선민주주의인민공화국 관계자와의 만남을 가졌고 그들은 우리에게 비자 승인을 바란다면 날짜를 늦추는 일은 절대 허용하지 않을 것이라고 강조했다. 그들의 입장에서 볼 때 이번 여행을 실현시키기 위해 수많은 사람들이 노력과 수고를 했기에 만약 그들과 날짜조차 지키지 못한다면 우리가 불성실한 사람들이 되는 것이었다. 그래 뭐 이 정도 쯤이야 받아들일 수 있다.

러시아에서 북한으로 들어가는 방법에 대해서는 아직 확실하게 결정된 것이 없었다. 여객 열차가 있었기 때문에 사람이 국경을 넘는 것은 비교적 간단했다. 하지만 우리 오토바이들은 여전히 난제로 남아 있었다.

결국 우리의 러시아 친구들이 생각해 낸 최선책은 미화 4만 달러를 주고 북한으로 바이크를 가져갈 기차의 유개 화차를 구하는 것이었다. 개러스는 숙련된 타고난 경제학자였기 때문에 이 제안이 정말 터무니없다고 생각했다. 그는 이 비용에 대해 생각할 때마다 자신도 모르게 이를 갈았다. 그 돈은 우리가 뉴질랜드를 떠나기 전에 러시아로 송금해야만 했다. 오토바이들은 이미 선편에 의해 마가단으로 출발한 후였기 때문에 만약 상황이 달라진다고 해도 이 방법을 철회하기는 힘들었다. 이 방법을 취소하면 오토바이들을 포기하거나 아니면 마가단으로 누군가를 보내 되찾아 와야 했다.

어쨌거나 우리는 돈을 마련했다. ─ 블라디보스토크에 있는 우리의 연락책도 그 가격은 터무니없다고 확인해 주었지만 어쩔 수 없었다. ─ 그리고 러시아로 가는 비행기에 올랐다. 불행하게도 우리가 마가단을 떠난 이후로도 이 여행의 핵심 쟁점을 둘러싼 불확실함은 여전히 남아 있었다. 우리는 외부 세상과 전혀 접촉할 길이 없었고, 따라서 개러스는 밖에서 일이 어떻게 진행되고 있는지 전혀 알 수 없었다. 그 진행 상황에 영향을 줄 수도 없었다. 하지만 우리는 이미 이 계획에 재정적으로 투자한 것이 너무 많아 취소할 수 없는 지점에 있었다.

블라디보스토크로
가는 고속도로

"어디세요?" 레이첼이 물었다.

"여기가 어디지?" 개러스가 조에게 물었다.

조는 어느 가게 앞에서 길 건너편에 있는 표지판을 읽었다. 개러스는 수화기 건너편에 있는 레이첼에게 방금 조가 한 말을 따라했다. 조는 그의 발음을 고쳤고, 그는 다시 말했다.

"아, 어딘지 알겠어요!" 레이첼이 말했다. "계속 직진하다가 버스 정류장을 두 개 지나쳤을 때 멈추세요."

"알았어요." 개러스가 말했다. "다음다음 정류장에서 만나요."

레이첼 휴즈는 뉴질랜드 사람이다. 그녀는 지난 18년 동안 블라디보스토크에서 지금 그녀가 하는 일을 해 왔다. 그녀는 이스라엘 키부츠에서 일을 하고 뉴질랜드로 돌아가는 여행을 하던 중 블라디보스토크에 처음 왔다. 블라디보스토크에 도착해서 많은 아이들이 거리에서 거칠게 살아가는 것을 보았다. 그 당시에는 하나의 큰 빈민 도시 같았다고 했다. 아이들은 구걸을 하거나 또는 출입구에 쭈그리고 앉아서 비닐 봉투로 본드를 불고 밤이 되면 난방 배관에서 잠을 잤다. 공산주의의 장벽이 걷히며 그것을 대신해 줄 안전망을 준비할 틈도 없이 보호막은 사라져 버렸다. 간단히 말하자면 이 아이들을 돌볼 사람들은 아무도 없었던 것이다. 그래서 레이첼은 자신이 이 아이들을 돌보기로 결심했다. 그녀가 다니는 교회 사람들의 도움으로 리빙 호프Living Hope 고아원을 설립했다.

우리는 마침 2005년에 아들의 사업을 매매하면서 생긴 뜻밖의 거액으로 지원할 가치가 있는 단체들을 주변에서 찾고 있던 중이었다. 세계 각지에서 자선 또는 구호 사업을 하는 뉴질랜드 사람들을 찾아 그들에게 투자하려는 생각이었다. 이것이 우리가 레이첼과 리빙 호프 고아원에 관심을 갖게 된 계기였다.

조와 개러스는 2006년에 오클랜드에서 처음 그녀를 만난 순간 바로 그녀가 마음에 들었다. 우리는 좀 더 자세히 리빙 호프에 대해 알아보았고, 우리가 후원할 만한 단체라고 판단했다. 사실 우리는 고아원에 좀 더 투자하려고 했으나 조는 리빙 호프 고아원이 부동산에 지나치게 투자하는 것 같다는 생각에 후원을 망설였다. 그래서 우리는 그 부동산의 일부를 없애는 조건을 달고 후원하기로 했다. 레이첼은 지난 몇 년간 이 조건에 부응해 좋은 변화를 보였다.

근래 들어 리빙 호프는 일종의 갈림길에 서 있다. 돌볼 고아들이 부족해서가 아니라 레이첼이 초기에 양육했던 아이들 중 상당수가 성인으로 자랐고 그들 중 일부는 부모가 되었다. 그리고 그들이 엄마가 되어 아이를 데리고 레이첼에게 도움을 청하러 오면 그녀는 그들을 돌려보낼 수가 없었다. 레이첼은 그들이 알고 있는 유일한 어머니의 모습이기 때문이었다. 그녀는 아이들이 겪었던 고통스러운 거리에서의 삶이 그들의 자식들에게까지 이어지는 것을 막아야 하는 어려운 도전을 하는 중이었다.

블라디보스토크로 가는 초고속도로에서 이동은 매우 간단했다. 우리는 길을 따라 조금 더 달렸다. 개러스는 두 개의 버스 정류장을 세었지만 레이첼의 흔적은 없었다. 거리를 따라 좀 더 가보기로 했지만 곧 우리가 너무 적거나 많은 버스 정류장을 센 것이 분명해 보였다. 우리는 여전히 블라디보스토크의 교외 지역 사이의 음산해 보이는 아파트 단지 사이에서 헤매고 있었다.

레이첼은 개러스가 그냥 지나쳤던 버스 정류장에 있었다. 우리는 중앙 분리대와 우리와 반대 방향으로 가는 차선들을 바라봤다. 차선들은 우리의 시야가 닿는 끝까지 뻗어 있었다.

"지금 있는 곳에 가만히 계세요." 레이첼이 말했다.

"제가 그쪽으로 갈게요."

우리는 데이브가 그의 뒤에 있는 사람을 알아채기 전까지 한 10분 정도 주변을 서성거렸다.

두 개의 차선에 수많은 고급스러운 차량들로 혼잡한
항구의 상류 교량인 멋진 둑길을 가로지른 이후.
왠지 길을 잃은 듯했다.

"잘 지냈어요? 미남 아저씨?" 간드러진 여자의 목소리가 들렸다.

데이브는 알 수 없는 이유로 수년 동안 그의 진가를 무시당하다가 마침내 누군가가 알아차려줘서 매우 고마워하는 미소를 보이며 돌아보았다. 거기에는 매우 깜짝 놀란, 젊고 매력적인 흑갈색 머리의 백인 여성이 서 있었다.

"어머! 개러스인 줄 알고 그만……." 그녀가 놀라며 말했다.

"데이브, 이쪽이 레이첼이야." 개러스가 말했다. "레이첼, 이쪽은 데이브예요."

숙박 시설을 예약하려는 우리의 노력은 헛수고였다. 심지어 저스트 러시아 트래블에서조차도 아무런 성과를 얻지 못했다. 하지만 레이첼이 우리에게 시내 중심가에 있는 숙박 업체를 찾은 것 같다고 말했다. 그녀가 우리를 버려진 쇼핑몰처럼 보이는 곳으로 데려갔을 때 우리는 의심하기 시작했다. 그러나 그녀는 일련의 철문들로 다가가 거의 보이지도 않는 호출 버튼을 정확하게 찾아냈다. 그녀가 손가락으로 버튼들을 누르자 안에서 경계를 잔뜩 하고 있는 여자가 나타나 문을 열었다. 우리가 마당으로 안내될 때 그녀는 불안한 모습으로 우리 뒤를 쳐다봤다. 문이 쾅 소리를 내며 닫혔고, 우리는 높은 테라코타 색 건물의 외관 앞쪽의 마당에 있었다. 그 건물은 정말로 호텔처럼 보였다.

우리는 꽤 현대식으로 잘 꾸며진 방으로 배정되었다. 하지만 데이브와 개러스는 장비를 벗기 전에 할 일이 있었다. 세 대의 바이크 모두 거의 8,000킬로미터 - 시베리아에서 6,000킬로미터, 그 전에 2,000킬로미터 - 를 달렸기 때문에 뒤 타이어들의 상태가 엉망이었다. 북한에서 교체할 부품을 찾을 수 있는 가능성을 가늠해 보았다. 결론은 '지금 아니면 절대 못 한다.' 였다.

알고 보니 레이첼은 몇 년 전 블라디보스토크를 방문했던 다른 바이크 그룹을 도운 적이 있다고 했다. 그리고 그녀는 그때 어디서 타이어를 구입했었는지 기억하고 있었다. 아니나 다를까. 그녀가 우리를 데리고 간 곳에서 던롭 타이어 하나를 찾을 수 있었다. 그것도 미화 30달러짜리를, 믿을 수 없을 정도로 쌌다! 하지만 우리는 세 개가 필요했다. 뭐 어쩔 수 없지. 다른 가게로 가는 수밖에…….

극동의 지배자
블라디보스토크

블라디보스토크라는 이름은 대충 '극동의 지배자' 정도로 번역할 수 있다. 그리고 그것이 이전의 구소련인들처럼 러시아인들이 의도하는 바였다. 블라디보스토크는 분쟁의 땅에 세워졌다. 남북한, 중국, 그리고 일본은 이곳을 모두 다른 이름으로 부르고 있고, 역사 속 어느 한 시점에서는 다들 이곳을 차지한 적이 있다. 러시아는 제2차 아편 전쟁의 결과인 1860년에 체결된 베이징 조약에 따라 방대한 지역을 얻게 되었는데 그때 이 땅은 그곳과 함께 덤으로 러시아에 주어졌다. 러시아에게는 횡재였다.

1871년부터 이 지역은 러시아에서 유일하게 일 년 내내 계절과 상관없이 태평양으로 통하는 길로 개발되었고, 이곳의 전략적 중요성이 부각되었다. 게다가 1903년에 시베리아 횡단 철도가 이곳까지 완공되었을 때 그 가치는 한층 더 높아졌다. 러시아는 이곳에 남아 있는 중국인들을 내쫓기 위해 수차례 공격했고, 일본이 잠시 점령했었지만 1923년 붉은 군대가 행군해 들어오면서 러시아 내전은 종료되었다. 그리고 이 땅의 소유권 문제는 해결되었다. 소련의 태평양 함대는 이곳에 기지를 두고, 그 도시는 1990년 소련이 붕괴될 때까지 외국인에게 폐쇄되었다.

그 후 이곳은 계속 발전해 왔다. 2012년 아시아-태평양 경제협력 회의가 이곳에서 개최될 것이라고 발표되었을 때, 블라디미르 푸틴은 이곳의 문제점들을 돈으로 해결해 보기로 결심한 듯했다. 그는 1마일에 조금 못 미치는 폭의 보스포러스 해협 상류에 걸친 루스키섬 다리를 포함해 두 개의 새로운 다리를 건설할 것이라고 발표했다. 또한 도시 모든 종류의 기반 시설과 시민 편의 시설은 업그레이드되었고, 새로운 대학교가 지어졌다. 이 도시는 현대 러시아를 완벽하게 대표하는 60만에 약간 못 미치는 수많은 영혼들의 타락과 부패가 혼합된 곳이다.

블라디보스토크에서의 둘째 날은 아주 바빴다. 우리는 다른 타이어 판매자를 찾아 높다랗게 쌓여 있는 자동차 바퀴테들과 타이어들 더미 사이로 들어갔다. 거기서 우리 여행에 대해 매우 흥미로워 하는 키가 크고 스포츠머리를 한 좀비 같은 러시아 남자와 마찬가지로 스포츠머리를 한 좀비 같은 키 작은 그의 조수가 우리를 도와주었다. 레이첼이 우리를 위해 통역했고, 그들은 우리가 필요한 이중 목적 타이어를 보여 주었다.

오후 5시까지는 오토바이들을 쓸 수 없다는 문자를 받았다. 우리는 다시 관광객으로서 그날 나머지 시간들을 보냈다. 레이첼의 남편인 더럼이 우리를 태우고 여기저기 안내했다. 우리는 다시 도심의 해변가를 방문했지만 너무 붐벼서 썩 내키지 않았다. 더럼은 그야말로 숨이 막히게 아름다운 두 개의 새로운 다리 특히 세계에서 가장 긴 단일 구간을 자랑하는 러스키 섬 다리로 우리를 데려다주었다. 우뚝 솟은 우아한 철탑 및 러시아 국기의 색깔들 - 흰색, 빨간색, 파란색 - 로 칠해진 쭉 뻗은 선들이 구름 한 점 없는 하늘과 대비되었다. 이는 진정 놀라운 현대 기술의 승리였다. 특히 기후 문제를 고려해 본다면 말이다. 오늘은 영상 35도이지만 겨울에는 영하 35도까지 내려가기도 한다.

러스키 섬을 지나 도심의 해변보다 더 길고 넓은 다른 해변으로 이동했다. 하지만 그곳도 거리낌 없이 노출을 한 풍만한 러시아 여성들로 붐비긴 마찬가지였다. 조는 옷을 그대로 다 입은 채 무릎 깊이까지 바다로 들어갔다. 물은 흐리고 해초들이 넘실거렸다. 만약 잠수를 한다면 입을 꼭 다물고 들어가는 게 좋을 것 같았다.

섬에서 나와 육지로 돌아와서는 시내 전역을 돌아다녔다. 우리는 사람들을 호령하는 듯한 레닌의 동상에 감탄하며 러시아 시민전쟁에서 붉은 군대의 승리를 기념하는 또 다른 동상을 감상했다. 그리고 지쳐 보이는 얼굴을 한 관광객들을 쏟아 내는 시베리아 횡단 열

차가 들어오는 것을 구경하러 기차역으로 향했다. 남한과 일본으로 가는 페리 터미널도 방문했다. 이곳은 우리가 북한 출입을 거부당했을 경우의 차선책이었다. 문제는 우리의 러시아 비자가 만료되는 날짜 이후에나 다음 페리가 운항한다는 것이었다. 따라서 북한에 들어갈 수 없게 된다면 우리는 다시 블라디보스토크로 바이크를 타고 돌아가서 오토바이 운송을 준비한 즉시 비행기를 타고 떠나야 할 것이었다. 우리는 제발 그렇게 되지 않기를 간절히 기도했다.

개러스는 블라디보스토크에 있는 뉴질랜드 명예 영사, 마틴 테이트와 도심 사무실에서 약속이 있었다. 마틴은 18년 동안 블라디보스토크에 있었고 농업 관련 사업에 관심이 있었다. 그는 이 지역을 자기 손바닥 보듯 잘 알고 있었다. 그의 사무실은 항구 입구, 반짝거리는 새 토목 기계가 들어오는 화물 부두와 두 대의 세련된 군함이 정박되어 있는 계류장이 내려다보이는 멋진 장소에 위치해 있었다.

북한에서 ATM_{현금인출} 카드 사용에 대해 생각해 보니 현금에 대한 접근은 상당히 제한될 것 같았다. 사실상 가능성이 아예 없을 수도 있었다. 따라서 우리는 필요하다고 생각되는 만큼 비상시를 위해 넉넉히 현금을 들고 가야 했다.

돈은 뇌물로 없어지거나 혹은 예상치 못한 바이크나 라이더의 수리나 치료로 지불되거나 고장 후 후송해야 하는 일 같은 이유로 사라진다. 개러스의 지시에 따라 브랜든과 토니는 각자 8,000유로를 가져왔고, 개러스는 로저 셰퍼드에게 남한에서 1만 4,000유로를 더 가져오라고 부탁했다. 그러나 그는 더 필요할 거라고 생각했다. 하지만 그는 당연히 많은 돈을 지니고 시베리아 황야를 지나고 싶지 않았기 때문에 마틴에게 유로를 좀 더 가져와 달라고 했다.

마틴은 그곳에 없었지만 직원이 곧 그와 전화 연결을 시켜 줬다.

"얼마나 필요합니까?" 마틴이 물었다.

"아, 한 1만 4,000유로 정도 필요합니다." 개러스가 말했다.

"알겠습니다. 우리 직원들이 줄 거예요."

"루블로 환전해서 돌려줘야 할까요?" 개러스가 물었다.

"됐어요. 그냥 뉴질랜드로 돌아가서 주세요."

오후 5시에는 브랜든과 토니가 그들의 에이전트와 만나기로 한 약속이 있었다. 브랜든과 토니는 야쿠츠크에서부터 라이딩을 한 후 바이크를 한 운송 회사에 보관해 두었다. 에이전트는 그들을 그 회사 마당으로 데려다주었다. 회사 마당은 야생의 잡초와 오래 쌓인 먼지 더미, 타이어 무더기와 고장난 기계의 부속품들 따위가 철조망으로 둘러싸여 있었다. 중국계로 짐작되는 남자가 그들의 바이크들에 짐바구니를 장착하는 것을 도와주었다. 지저분한 군용 작업모를 착용하고 숱 많은 흰색 가슴 털 위로 더 지저분한 카키색 조끼를 입고 있는 작은 키에 병색이 엿보이며 주름이 자글자글한 모습이었다. 그들의 오토바이들은 부활했고, 재편성된 '모터사이클로 세계를' 팀은 마침내 모험을 시작할 준비가 되었다.

우리는 저녁에 고아원 주변에 있는 술집에서 재회를 기념하는 저녁 식사를 함께했다. 정말 좋은 시간들이었다. 우리는 다른 나라, 다른 상황에서 같이 달리며 희로애락을 함께 겪어 왔다. 그리고 그런 시간들은 우리들을 이전보다 훨씬 더 가깝게 만들었다. 우리는 마치 피를 나눈 형제와 같았다. 우리는 서로의 결점과 약점뿐만 아니라 장점들까지도 잘 알게 되었다. 인신공격 농담은 무자비했지만 동시에 즐거운 저녁 시간을 보낼 수 있었다.

"당신들은 곧 공산주의 국가로 가잖아요.
그곳에서는 물건을 살 수 없으니 반드시 챙겨가야 해요."

Part 2

모터사이클을
북한행 기차에 싣다

북한 비자를
발급받다

그날 새벽엔 안개가 짙었다. 우리가 도시를 통과할 때 그 거대한 다리의 철탑들은 회색빛 어둠 속에서 길을 잃은 것처럼 보였다. 우리의 계획은 블라디보스토크와 하산 사이의 중간 어딘가쯤에 있는 북한행 기차 역이 있는 마을을 찾는 것이었다. 그러나 우리가 그 시골구석에서 환승할 때 보니 그곳에는 정말 아무것도 없었다. 특히 호텔이라고 할 만한 것은 확실히 없었다. 그래서 블라디보스토크에 있는 아무르 베이 건너편 리조트 타운인 슬라비안카로 향하기로 결정했다.

개러스는 또다시 탐색에 나섰다. 그는 잠을 설친 후 신경이 날카로운 상태였다. 우리는 지금 북한 진입이라는 목표에 굉장히 가까이 왔지만 자칫하면 잘못될 수 있는 가능성은 여전히 많이 남아 있었다. 그는 비자 발급에 대한 그들의 요구 사항을 확인하기 위해 레이첼의 도움을 받아 북한 영사관과 통화하기로 했다. 그는 레이첼이 그들과 러시아어로 대화하는 것을 들었다.

"당신들 다섯 명이 다 갈 필요가 없다는군요." 그녀가 보고했다. "모두의 여권을 봐야 하지만 한 사람이 다 가져와도 괜찮다네요."

물론 레이첼은 아직 그 유명한 개러스의 출입국 절차 강박증을 한 번도 접해본 적이 없는 상태였다.

"확실해요?" 개러스가 말했다.

"그렇게 말했어요."

"정말 확실해요? 내 말은 북한 영사관은 나홋카에 있고, 거길 가는 데만 100마일 이상이에요. 당신이 잘못 안 거라면 그 거리를 간게 헛수고가 되는 거예요."

"개러스, 제가 확인했어요. 내일 오후 3시에 약속 잡았어요. 딱 한 명만 가면 되고요."

"정말 약속이 3시 맞아요? 사무실이 문 닫는 시간 아니고요?"

"진정하세요, 개러스. 저도 러시아어 잘하고 그도 러시아어를 잘해요. 우리는 서로가 무슨 얘기를 하는지 이해했다고요."

개러스는 불안했다. 그는 밤새도록 불안에 시달렸다. 그리고 그는 여전히 불안하고 피곤에 찌든 채 나홋카에 왔다. 철문이 있는 그 외관은 깔끔했지만 왠지 호감이 가지 않는 이층짜리 콘크리트 건물이었다. 더럼과 함께 그의 벤으로 나홋카까지 운전해 왔고, 벤에서 내려 그 둘은 정문에 위치한 관리실로 다가갔다.

더럼은 그곳에서 근무 중인 여자에게 우리가 온 목적을 밝혔다. 그녀는 수화기를 집어 들고 짧게 대화를 했다.

"못 들어가요. 관리자가 목욕 중이래요." 더럼이 통역했다.

"뭐요?" 개러스가 말했다.

"30분 후에 다시 오래요."

그와 더럼은 카페가 있는 쇼핑몰을 찾아 차 한잔을 했다. 개러스는 휴식을 취할 수가 없었다. 그의 마음은 여전히 일이 잘못될까봐 초조하고 불안했다. 그들이 관리실에 다시 도착했을 때는 상황이 좀 더 나아진 듯했다. 말끔하게 차려입은 관계자가 본관에서 나와서 개러스로부터 다섯 개의 여권을 받았고 작성해야 할 네 페이지짜리 양식 다섯 부를 주었다.

경비원은 고갯짓으로 그와 더럼이 관리실에 있는 테이블을 사용하라고 말했다. 개러스는 각각의 양식을 공을 들여서 정성껏 작성하기 시작했다. 그는 모두의 여권 번호를 적는 란을 보고 중얼거렸다. 관계자가 여권들을 다 가져갔는데…….

그는 문득 컴퓨터가 생각났고 바로 노트북을 열었다. 아니나 다를까. 역시 여권들을 전부 스캔해 놓았다. 그가 아는 세부 사항들을 적었고 모르는 것은 대충 지어서 적었다. 젠장! 이번엔 모두의 운전 면허증이 필요했다! 하지만 다행히 그는 이것들도 스캔해 놓았었다. 하지만 그다음 그가 본 것은 비자를 신청한 사람이 서명하는 란이었다. 어쩔 수 없지. 그냥 그가 다섯 개 모두에 서명했다. 그 관계자가 완성된 서류를 받으러 돌아왔다. 그것들을 가져가며 동일한 양식의 또 다른 서류 꾸러미를 주고 갔다.

"처음부터 모두 줄 수는 없었나요?" 개러스는 처음 양식에 기입할 때 그가 날조했던 것들을 다시 기억해 내야 한다는 사실을 깨달으며 불평했다.

러시아 경비원이 동정하는 듯 살짝 미소 지었다.

개러스는 이를 악 물고 두 번째 양식을 작성했다. 관계자가 다시 왔다. 그는 다섯 개의 여권을 손에 들고 있었고 개러스가 쓴 양식을 별로 눈여겨보지도 않고 받아 갔다.

개러스는 한숨을 내뱉었다. 그는 국경에서 접하는 대부분 쓸데없고 형식적인 절차들에 매우 익숙해져 있었지만 지금 관계자는 뭔가 다른 얘기를 하고 있었다.

"신청 수수료." 더럼이 통역했다. "일인당 150달러를 내래요."

"유로는요? 북한에서 모든 게 유로라고 들었는데요."

더럼은 고개를 젓고 있는 사람에게 그대로 물었다.

"미국 달러라는데요."

개러스는 유로를 넉넉히 챙겨 왔지만 미국 달러는 얼마나 가지고 왔는지 불확실했다. 그는 즉시 지갑을 확인했다. 안에는 조가 며칠 전에 준 두둑한 지폐 뭉치가 있었다. 그러나 그가 세 보려고 했을 때 메모를 발견했다. 다 합쳐서 50불이었다. 5불짜리 뭉치였던 것이다.

다섯 명의 수수료는커녕 한 사람의 수수료도 없었다.

"제기랄!" 그가 말했다. "조가 또 덜 줬어!"

"혹시 필요하시면 제가 빌려 드릴 돈이 있어요." 더럼이 말했다.

"뭐라고요?"

"그냥 빈번히 일어나는 일이라 혹시나 해서 750불 가져왔어요."

개러스는 고마워서 할 말을 잃었다. 더럼은 돈을 세어 건네주었고 돈은 여권과 맞바꾸어졌다. 아니나 다를까. 각각의 여권 안에는 공식적으로 보이는 보라색 도장이 찍힌 양각의 뭔가 중요해 보이는 종이가 붙어 있었다.

"좋았어. 바로 이거야." 그가 안도해서 한숨을 쉬었다. "우리가 해냈어요. 이제 북한에 들어갈 수 있어요."

혼란스럽고 수척해 보였지만 행복해 하며
북한 비자가 보이게 여권을 펼쳐 들고
영사관 문 앞에서 포즈를 취했다.

러시아 호텔

블라디보스토크에서 남은 시간은 고아원에서 보내려고 했었다. 하지만 이틀을 고아원에서 보낸 후 우린 다른 대안을 찾아보는 게 낫겠다고 생각했다. 애들을 돌보는 것은 – 갓난쟁이나 큰 애들이나 – 극한의 직업이다. 그리고 긴장과 인내가 없이는 안 된다. 우리가 왠지 그곳에서 별로 도움이 될 것 같지 않다는 생각이 들었다. 우리는 레이첼과 더럼에게 그간 도와준 것에 감사하며 그들의 너무 예쁜 딸인 아기 올리브를 마지막으로 안아 주었다. 그리고 그들이 하는 이 훌륭한 일이 다 잘 되길 진심으로 바랐다.

뉴질랜드의 저스트 러시아 트래블은 우리에게 슬라비안카에 있는 꽤 고급스러울 것 같은 호텔을 예약해 주었다. 하지만 그것은 러시아에서 마지막 날인 내일 밤만이었고, 당장 오늘 밤은 정해진 숙소가 없었다. 데이브는 우리처럼 머물 곳을 찾고 있는 자동차 안의 러시안 커플에게 말을 걸었다. 그리고 그들을 따라가도 괜찮겠는지 물었다. 그들은 장소를 알 테니까 말이다. 그러나 조는 우리에게 불리한 경쟁이라고 생각했다. 그들은 러시아어를 하니까 분명 우리보다 먼저 빈방을 가로챌 것이다. 그녀는 GPS의 위치를 확인했다. 우리가 철거 중인 건물 구역을 통과해서 접근해 가고 있을 때 이미 조짐이 좋지 않아 보였지만 그래도 확인해 보기로 했다. 창문은 판자로 막혀 있었고 누군가 사는 것 같은 흔적이 없었다. 그러나 조는 표지판을 읽을 수 있었다.

"접수대는 이 코너를 돌면 있다는데요." 그녀가 말했다.

"그래. 그러시겠지." 개러스가 중얼거렸다.

조는 조사에 나섰다. 그리고 로비로 여겨지는 곳에서 접수대를 발견했다. 의자에 푹 파묻힌 채 앉아 있는 지저분해 보이는 남자 두어 명이 그녀가 들어오는 것을 빤히 쳐다봤다. 접수대 뒤에 여자는 얼굴이 벌겋게 상기돼 있었고 머리는 흐트러져 있었다. 그녀는 조에게 눈을 깜빡였다. 저녁도 아닌데 그녀는 분명 취해 있었다.

조는 우리의 요구를 이해시키기 위해 노력했지만 여자는 손을 든 채 전화로 뭔가를 중얼거렸다. 또 다른 여자가 도착했다. 조는 우리가 두 개의 객실, 즉 세 명이 잘 방 하나와 더블 룸이 필요하다고 설명하기 시작했다.

여자는 날카롭게 러시아어로 대답했다. 조가 이해를 못했다는 것

을 알자 그녀는 소리를 질렀다. 조는 어깨를 움츠렸다. 아마도 세 명이 쓸 방 하나를 외래어가 섞인 러시아어로 물었을 때 그 여자가 뭔가 이해하지 못한 듯했다.

조는 허락을 구하지도 않고 그냥 복도로 걸어 들어가서 방들을 보았다. 그녀는 침대를 재배치할 수 있는 방 몇 개를 발견했다. 접수대로 돌아가서 그 공격적인 여자에게 방 번호를 말했다.

"첫 번째 방은 나와 내 남편." 손가락을 하나 들고 자신을 가리키며 말했다. "다른 하나는." 그녀는 다른 손가락을 들었다.

"트라이 브랫_{러시아어로 세 형제}."

"다_{러시아어로 알았다}."

여자는 고개를 끄덕였고 그 설명에 만족한 듯 보였다.

방은 화려하지 않았다. 작고 무더웠으며 축축한 냄새에 매트리스는 역겨울 정도로 푹 꺼져 있었다. 그러나 이 정도면 뭐 괜찮겠다 싶어서 그냥 결정했다. 두 방 다 휴지가 없었지만 접수대에 있는 여자가 판매한다고 했다.

우리는 바이크를 안전하게 보관하고 짐을 푼 후 철거물과 빈민가가 뒤섞인 거리를 뚫고 식당을 찾기 위해 밖으로 향했다. 우리는 중국집을 찾았다. 음식 냄새는 좋았지만 러시아어로 적힌 중국 메뉴를 읽는 것은 너무 힘들었다. 사냥은 계속되었다.

하지만 뜻밖에도 우리는 녹색, 흰색, 빨간색이 나란히 어우러져 있는 한 식당을 발견했다. 이탈리아 국기였다! 조는 그 키릴 문자로 적힌 간판을 '레오의 피자'로 해석했다. 그녀가 메뉴판에서 러시아어로 쓰인 페투치니[이탈리아 파스타 요리]를 발견했을 땐 자신 스스로가 대견스러워 뿌듯하기까지 했다. 그곳의 음식은 맛있었고, 무료 무선인터넷도 있었다.

"뭘 더 바라겠나?" 개러스가 미소 지었다.

"이것 좀 봐." 데이브가 음료 목록을 가리키며 말했다. "피나 콜라다야!"

개러스가 행복한 탄식을 내뱉었다.

북한에서 온 사람들이 식당에 들어왔다. 우리는 그들과 이야기를 나눴는데 그들은 사업차 정기적으로 이리저리 여행한다고 했다. 하지만 우리가 곧 그들의 나라로 들어갈 것이라고 하자 그들은 믿지 못했다. 사실 우리도 반신반의하고 있었다.

그날 밤은 끔찍했다. 개러스의 머릿속에서는 혹시 일어날지도 모르는 오만 가지 불길한 상상들이 꼬리에 꼬리를 물었다. 게다가 그날 밤은 너무 더웠고 침대 시트는 너무 짧았다. 러시아에서 웬 난쟁이 사이즈 침구? 그리고 윙윙거리는 모기들 때문에 잠을 잘 수 없었다. 우리는 방충제를 사용해 봤지만 모기들에게는 그저 매운 소스를 뿌린 것 같았다. 개러스는 일어나서 긴 잠옷을 입었지만 그 괴물들은 옷도 뚫고 들어올 수 있는 대단한 능력을 입증해 보였다. 조는 새벽에 샤워를 한 후 역시 긴 속옷을 입었다. 머리는 아예 사롱으로 감아 버렸다. 모기들이 계속해서 공격하는 소리가 들렸지만, 사롱과

긴 잠옷으로 무장하고 있으니 괜찮을 것이라 애써 생각하며 모기 소리를 무시하고 겨우 잠에 빠져들 수 있었다.

우울한 아침이었다. 우리는 신속하게 호텔에서 나오지 못하고, 브랜든과 토니 그리고 데이브를 기다려야 했기 때문이다. 그 전날 슬로비안카로 향하던 길에 토니는 자신의 앞바퀴가 흔들리는 것을 감지했다. 타이어의 비드가 제대로 장착되지 않아서 그것이 팽창했다는 것을 알았다. 그래서 그들은 타이어에 공기를 넣어 그것을 제대로 끼워 맞출 수 있는 사람을 찾아 나섰던 것이다. 쿵 소리와 함께 제자리에 딱 맞아 들어가려면 정상 압력보다 두 배 이상인 80프사이까지 공기가 들어가야 했다.

우리는 아침 식사를 먹으러 레오에 가서 인터넷을 확인했다. 모든 것이 계획대로 진행된다면 한동안은 이것이 마지막 접속이 될 것이었다. 개러스는 여전히 모든 것을 일일이 확인하고 또 확인했다. 그는 우리가 돈을 내고 기차를 탈 수 있게 도와준 - 진짜 기차를 타게된다면 - 야로슬라프와 연락을 했다. 그리고 그는 야로슬라프와 약속한 일정을 확인하고 재확인했다. 개러스는 긴장했다. 왜냐하면 그는 개러스니까. 그와 동시에 그는 여전히 불안했다. 잘못된 의사소통으로 인해 벌어질 수 있는 오해는 여전히 일어날 수 있었다. 야로슬라프의 영어는 개러스의 러시아어보다 낫지만, 유창함과는 거리가 멀었다. 게다가 야로슬라프의 잦은 약속 변경 때문에 더 불안해했다. 원래 계획은 야로슬라프가 우리를 만나러 블라디보스토크로

와서 출국에 필요하다고 했던 서류들을 챙겨 가는 것이었다. 하지만 그 계획은 취소되었고, 우리가 슬라비안카 남쪽으로 갈 때 블라디보스토크 외곽에 있는 한 길가에서 만나기로 다시 합의했다. 하지만 그 계획 역시 그에 의해 취소되었다.

새로운 계획은 그가 내일 아침 이른 시간에 슬라비안카의 우리 호텔로 와서 서류를 받아 가는 것이었다. 개러스는 더 이상 그를 기다리고 싶지 않았기에 그가 직접 호텔 접수대에서 찾아갈 수 있도록 원본 서류를 남겨 놓기로 합의했다. 야로슬라프가 복사본은 안 된다고 주장했기 때문이다.

"간단하네?" 조가 말했다.

개러스는 그녀를 힐끗 쳐다봤다.

사라진 여권

새벽 4시에 개러스는 접수대 옆에다 자신의 가방을 탁 내려놓았다. 근무 중이던 젊은 여자가 깜짝 놀라며 그를 올려다봤다.

"야로슬라프가 우리 서류를 가져갔나요?" 개러스가 피곤해서 쉰 목소리로 물었다.

"Izvinite…?뭐라고요…?" 그녀는 말했다.

"영어 할 줄 알아요?" 개러스가 물었다.

그녀는 고개를 저었다.

조가 그녀의 가방을 끌면서 나왔다.

"야로슬라프가 우리 서류를 가져갔냐고 물어봐 줘."

"Nashi dokumentiy. Oni zdes?우리 서류. 여기에 있어요?" 조가 말했다.

여자는 멍하니 쳐다보았다.

"My dali nashi dokumentiy. Dlya Yaroslav._{우리가 서류를 줬어요. 야로슬}
_{라프에게.}" 조는 단어를 떠듬떠듬 말했다.

"Da. Yaroslav." 여자가 고개를 끄덕였다. "Vashi dokumenty
ne zdes."

"우리 서류가 여기에 없대. 그가 가져간 것 같아."

"여보, 난 왠지 대답이 석연치 않은 것 같아. 야로슬라프가 서류를
가지러 여기 왔었는지 물어봐 줘."

"Yaroslav. On prishel?"

여자는 추궁 당하는 표정이었다.

"Ya ne znayu." 그녀가 말했다.

"모르겠대." 조가 통역했다.

개러스는 엄지손가락과 집게손가락으로 자신의 코를 꽉 쥐었다.

"그런 소리나 듣자고 이러는 줄 아나"라고 하며 자신의 휴대전화
를 꺼내 들었다.

야로슬라프의 번호로 걸었다. 한 번, 두 번, 세 번… 토니와 브랜든
이 하품하면서 도착했고, 개러스의 수염이 뻣뻣하게 곤두서 있는 것
을 보지 않고도 긴장감을 감지할 수 있었다.

"Da." 야로슬라프가 응답했다.

"야로슬라프. 개러스 모건입니다. 우리 서류 당신한테 있습니
까?"

"서류⋯⋯."

"우리 서류들이요. 가져갔어요?"

"Nyet, 서류 없어요."

"호텔에 와서 가져가기로 했었잖아요. 안 가져갔다는 말인가요?"

"나한테는 그 서류가 없어요. 당신한테 있잖아요."

개러스는 작은 목소리로 욕을 했다.

"호텔도 서류가 없다고 하는데요. 당신이 사람을 보내 가져간 건 아니고요?"

"죄송합니다. 무슨 말이에요?"

"서류가 여기에 있다고요?"

"서류를 찾았어요?"

"아니요! Nyet! 난 지금 당신에게 호텔에 아직 서류가 있는 것 같 냐고 묻는 거예요!"

긴 침묵이 있었다.

"서류는 호텔에 있어요. 당신이 서류를 가지고 있어요."

"당신은 이 문제를 해결하세요. 당신이 접수대에 말해요. 그녀가 문서를 가지고 있으니 찾아야 한다고요." 개러스가 말했다. 그는 전 화기를 겁에 질린 접수대 여자에게 거칠게 건넸다. 그녀는 그것을 받아서 듣고 조용하지만 빠르게 뭐라고 말을 한 뒤 서랍을 뒤지기 시작했다.

"금고요!" 브랜든이 말했다. "그녀한테 금고를 열어 보라고 해요." 그는 금고로 가서 직접 열어 볼 기세였으나, 그러는 대신 그녀와 눈을 마주친 후 격렬한 손짓을 하며 금고를 가리켰다.

그녀는 저항해 보려고 했지만 그러기에는 그녀의 생존 본능이 너무 강한 듯했다. 그녀는 계속 개러스의 전화로 야로슬라프와 통화하면서 금고로 다가가서 문을 열었다. 금고 안에는 거대한 서류 더미가 어수선하게 있었다.

"다 꺼내 봐요." 개러스, 토니 그리고 브랜든이 합창했다.

그들의 목소리는 언어의 장벽마저 뚫고 들어간 것 같았다. 그 여자는 금고 안의 물건들을 쏟아 내어 뒤지기 시작했다. 우리 여권을 담은 임시 봉투의 흔적은 없었다.

"이건 말도 안 돼." 개러스가 시간이 계속 흐르고 있는 것을 의식하며 중얼거렸다. 그때 책상 위에 다른 서류 더미에 파묻힌 스테이플러가 빛나고 있는 종이 조각의 모서리를 봤다.

"저기 있다!" 그가 소리쳤다.

허둥지둥하며 여자가 그 봉투를 잡아당겨 꺼냈다.

"하나님 감사합니다." 개러스가 말했다. 하지만 그렇다고 해서 야로슬라프에 대한 신뢰가 회복된 것은 아니었다. 게다가 우리는 이미 소중한 30분을 허비해 버렸다.

밖은 칠흑같이 어두웠다. 우리는 서둘러 바이크에 짐을 싣고 모두 출발할 준비가 되어 바이크에 시동을 걸었다. 호텔을 나가려고 무거운 철문 앞에 다다랐을 때 문이 잠겨 있는 것을 발견했다.

하산의 기차역까지 어둠 속에서 갈 길이 60마일이 넘게 남아 있었다.

"여기 어딘가에 해제 버튼이 있을 거예요." 토니가 말했다. 그리고 그것을 찾기 위해 어둠 속에서 주변을 탐색하기 시작했다. 데이브는 경첩을 살펴보고 있었다. 브랜든은 호텔 주변에 있는 다른 출구를 찾아보기 위해 바이크에 올라타 기어를 넣었다. 개러스는 통통거리며 접수대로 성큼성큼 걸어갔다. 조는 완전히 야맹증이라 바이크에 기대서서 기다리는 것 말고는 할 수 있는 것이 없었다.

"경첩을 떼고 문을 올릴 수 있을 것 같은데." 데이브가 말했다.

언덕 위에서 흥분한 경적 소리가 들려왔고, 울타리의 반대편에서 브랜든의 오토바이 헤드라이트가 시야에 들어왔다.

"브랜든이 출구를 찾았어!" 토니가 말했다. 그와 데이브는 바이크에 타고 브랜든이 간 방향 쪽으로 출발했다. 그들의 엔진은 어둠 속으로 서서히 사라졌다. 조는 개러스를 기다렸다. 개러스는 접수대 여자에게 보안 경비원에게 연락하도록 요청해 놓고 몇 분 후에 나타났다.

"다른 길이 있다는군." 개러스가 조에게 알렸다.

"그런데 다들 어디에 있지?"

그녀는 언덕 위 세 개의 헤드라이트를 가리켰다.

처음 50킬로미터 동안은 잘 포장된 도로였기 때문에 움직이기에 나쁘지 않았다. 개러스는 지연된 시간을 만회하기 위해 불안해 하며 부담스러운 속도로 달렸다. 야맹증이 있는 조는 좌우로 흔들리며 춤을 추는 개러스의 백라이트를 따라가는 일이 너무 괴롭고 힘들었다.

그러다가 비포장도로가 나왔고, 우리는 속도를 줄여야 했다. 조는 여전히 개러스의 라이트를 보며 달렸고, 그녀의 헤드라이트 빛에 반사되어 새까만 수영장 같이 보이는 웅덩이들을 피하려고 노력했다. 도로는 점점 좁아지기 시작해서 나중에는 키가 큰 잡초들 사이의 흙길보다 겨우 조금 더 넓은 정도였다. 개러스는 또다시 불안 증세를 나타내기 시작했고, 최악의 상황을 상상하기 시작했다. 이런 길의 끝에 기차역이 있을 리는 만무하다고 생각했기 때문이다.

왼편에 있던 잡초들이 서서히 멀어지며 우리는 그곳에 물이 있다는 것을 알아차렸다. 길 표면은 모래로 바뀌었다. 마치 해변으로 향하고 있는 것 같았다.

개러스는 말도 안 된다고 생각했다.

'여기에 항구나 기차역이 있을 수가 없는데?'

그는 앞서가는 헤드라이트들을 보며 동료들을 멈추게 하고 지도나 GPS를 제대로 들여다봐야 하나 고민하기 시작했다. 그때 번쩍거리는 도요타가 접근해 왔고, 한 남자가 막대기를 들고 창문에서 상체를 굽혀 내밀고 있었다. 사이가 좁혀지면서 개러스는 막대기 끝에 카메라가 있음을 봤다.

"야로슬라프?"

그 차량은 유턴했고, 남자는 고프로카메라 회사 이름가 달린 막대기를 흔들며 "나를 따르라!"라는 신호를 보냈다. 개러스는 여전히 안심해도 괜찮을지 확신할 수 없었다.

우리는 관목 덤불에서 빠져나와 황폐한 집들 사이를 뚫으며 움푹 움푹 패인 콘크리트 길을 따라 이내 작고 황량한 마을로 들어갔다. 이미 축축한 새벽이 깨어나고 있었다. 도요타는 진흙길로 꺾어 들어 갔고 우리도 그 차를 따라 내리막길을 따라갔다. 주차장이었다. 그리고… 그곳에는 기차가 있었다!

도요타는 붉은 글씨로 높은 곳에 '하산'이라고 쓴 음산해 보이는 벽돌 건물 앞에 정차했고 차에서 두 사람이 내렸다. 우리도 바이크를 끌고 와서 주차했다. 개러스는 기둥에 자신의 바이크를 잠금 장치로 묶어 놓고 그의 헬멧과 방한모를 벗었다.

"환영합니다!" 둘 중 나이 많은 남자가 다가오며 말했다. 그는 금발에 20대 후반 정도로 보였고, 검정 야구 모자를 쓰고 색 바랜 청바지와 회색 줄무늬의 실크로 된 폴로셔츠를 입고 있었다.

"제가 야로슬라프입니다."

"개러스 모건입니다." 그는 야로슬라프와 악수를 했다. 다른 남자는 - 소년에 가까웠다. - 대단한 유명 인사인 양 개러스를 쳐다보았다. 그도 그럴 것이, 개러스가 이 기차에 타려고 얼마를 지불했는지는 러시아에서 알 만한 사람들은 다 알고 있을 것이다.

"제가 당신을 위해 할 일이 있지요. 서류 가지고 있어요?" 야로슬라프가 물었다.

"네!" 개러스가 웃었다.

"Da! 네, 그 놈의 서류, 가지고 있어요!"

그는 야로슬라프에게 서류 뭉치를 넘겼다. 우리가 여기에 왔다! 우리 모두가 여기에 왔다! 우리는 기차역에 왔고 기차도 여기에 있었다! 주여… 개러스는 감히 생각했다. 우리가 일을 성사시킨 것 같다고.

치즈와 소시지
그리고 정어리 통조림

　　　　　기차는 두어 칸의 빨간 승객실과 우리 쪽 철로 가까이에 녹색 화차 한 대, 그리고 장작으로 가득 찬 석탄 칸이 있었다. 다른 사람들도 하나 둘 도착하고 있었다. 자동차들, 이상한 트럭과 사이드카가 달린 우랄사의 오토바이가 짐이 가득 담긴 거대한 부피의 비닐봉투를 든 러시아인들을 앞마당으로 실어 나르고 있었다. 그들은 별로 궁금해하지 않는 눈빛으로 우리를 봤다.

　야로슬라프는 우리를 벽돌 건물로 데리고 가서 서류 작성하는 것을 도와주었다. 그는 활기가 넘쳤고, 이 모든 과정을 촬영하기 위해 촉각을 곤두세우고 있었다. 그는 세계 최초로 이루어지는 이 여행에 자신이 어떤 역할을 했는지 하나도 빠짐없이 기록에 남기기로 결심한 듯했다.

　이곳의 모든 사람들이 야로슬라프를 아는 것 같았다. 사람들은 야로슬라프가 입에 담배를 물고, 약간 머리를 기울이는 것만 보고도 그를 알아봤다. 모든 절차를 마친 후에 그는 근처의 편의점으로 우리를 데려가 음식을 비축하라고 충고했다.

　"당신들은 곧 공산주의 국가로 가잖아요. 그곳에서는 물건을 살수 없으니 반드시 챙겨 가야 해요." 그가 말했다.

　우리는 그의 말대로 치즈와 소시지 그리고 정어리 통조림을 구입했다. 그리고 이제 바이크를 화물차에 실을 시간이 왔다. 그곳엔 플랫폼도 없었고 진흙투성이의 판자가 임시방편으로 놓여 있었다. 우리는 인력으로 우리 오토바이들을 안으로 옮겨야 했다. 이후 사진 촬영을 하려고 했지만 모든 장비들도 바이크에 다 부착돼 화물차에 모두 실은 상태였기에 우리는 출입구에 앉아서 포즈를 취했다. 데이브는 승리의 표현으로 양 팔을 활짝 펼쳤다. 그야말로 '이게 꿈이야 생시야'라는 표정을 한 개러스를 제외하고 모두 다 미소를 지었다. 문은 닫혔고 매우 동그란 얼굴의 파란 셔츠를 입은 관리자가 문을 잠갔다. 그리고 카메라를 향해 과장되게 눈을 치켜뜨며 하얀색 플라스틱 딱지를 붙였다.

그 후 기다리는 것 말고는 달리 할 게 없었다. 우리는 주차장에서 소풍 온 것처럼 크래커, 살라미, 정어리로 아침 식사를 했다. 우리는 사무실 건물 안에 있는 대합실에 가서 앉았고, 서류와 이메일을 보며 막바지 점검을 했다.

머지않아 우리는 전화를 포기해야 할 것이다. 지난 3주보다 훨씬 더 흥미로울 것으로 예상되는 앞으로의 3주 동안, 우리는 외부세계와 완전히 단절될 테니 말이다.

러시아를 뒤로하고
두만강을 넘다

안내 방송이 나오자 사람들은 웅성거리며 움직이기 시작했다. "이제 갈 시간이야." 조가 말했다. 야로슬라프의 젊은 친구들은 조에게 여러 번의 포옹과 뺨 키스를 수반한 애정 어린 러시아식 작별을 했다. "이런 곳에서 당신 같이 아름다운 여자가 무엇을 하는 건가요?" 어떤 남자는 네 번째 혹은 다섯 번째로 그녀의 뺨에 키스하면서 속삭였다.

우리는 기차에 올라타기 위해 모였다. 바이크를 실은 칸이 아직 기차에 연결되지 않은 것이 보였고, 이를 본 개러스의 맥박이 빨라졌다. 그는 이 상황을 해결할 관계자를 찾기 위해 주위를 둘러보았지만 누구도 찾을 수가 없었다. 우리는 앞으로 가라는 신호를 받았고 곧 기차에 탑승했다. 열차 안은 기본적인 시설조차 없었고, 이미

곧 빈 공간이 사라졌고, 사람들이 더 이상 들어오지 않았다.

꽤 붐비고 있었다. 우리는 딱딱하고 비닐이 덮여 있는 한 곳을 찾아 앉았다. 점점 더 많은 러시아인들이 밀려 들어왔다. 큰 가방을 짊어진 사람이 자리에 앉아 있는 사람과 눈이 마주치면 앉아 있던 사람이 묵묵하게 일어나서 좌석을 들어 올려 그 큰 가방을 쑤셔 넣을 공간을 만들어 주었다.

아직도 많은 사람들이 계속 기차에 오르고 있었다. 그들은 일반 좌석 머리 위에 있는 접이식 간이 선반을 내려 그곳에 더 많은 짐들을 쌓기 시작했다. 어떤 사람들은 동료들의 머리 위에 있는 그 선반으로 올라가 앉았다. 통로도 짐으로 채워지기 시작했다. 우리는 앉아서 기다렸다. 객차를 휘청거리게 할 만큼 거대한 쿵 소리가 났다.

"바이크는 잘 묶어 놨지?" 조가 물었다.

"모르지." 개러스가 말했다. "잘 묶여 있어야 할 텐데……."

다시 쿵 소리가 나고 객차가 휘청거렸다.

"풀어졌나?" 데이브가 물었다.

개러스는 아파 보였다. 바이크를 러시아에 남겨둔 채 북한에 들어간다는 생각은 상상조차 끔찍했다.

조가 자리에서 일어나 통로에 있는 사람들과 가방들 사이를 조심스럽게 비집고 문 쪽으로 나아갔다. 그녀는 몸을 굽혀 내밀었다. 짙은 녹색의 사이즈가 큰 평평한 모자를 쓰고 러시아 군복을 입은 젊은 남자가 그녀를 향해 그대로 있으라고 경고하며 고개를 저었다.

"Nashi mototsikly우리의 오토바이." 그녀가 외쳤다.

그 젊은 남자가 기차를 훑어본 후 조를 향해 돌아섰다. 그는 그녀에게 양쪽 엄지손가락을 들어 보이며 밀랍처럼 창백한 얼굴에 환한 미소를 지었다.

"Udacha!행운을 빌어요!" 그가 외쳤다.

또 한 번 차체가 휘청하자 기차는 달리기 시작했다. 기차는 신음 소리를 내며 움직였고, 속력을 내기 시작하는가 싶었는데 그다지 빠르지는 않았다. 바퀴들은 신축 이음 부분을 신나게 두들겼다.

토니는 우연한 기회로 남한에서 전기 공학을 공부하는 매력적인 젊은 러시아 여자를 만났다. 그는 자신의 행운을 믿을 수가 없었다. 게다가 그녀의 영어는 그녀의 외모만큼이나 완벽했다. 그는 천국에 있는 듯했다. 마지막 러시아 마을이 우리의 아래로 멀어지면서 그들은 행복하게 전력 시스템의 평가 및 부하 매개 변수를 얘기했다. 큰 경비 탑이 덤불이 많은 나무들 위로 솟아 있었고, 우리가 수목 한계선에서 빠져나와 두만강 하지로 들어갈 때 〈닥터후〉에 나오는 달렉을 연상시키는 모양을 한 이상하게 생긴 빌딩을 볼 수 있었다.

우리는 일종의 역 같은 안뜰과 작은 건물에 인접한 플랫폼에 도착했다. 기차는 러시아 경비병들이 하차할 수 있도록 멈췄다. 그런 다음 다시 천천히 앞으로 나아갔다. 몇 백 미터 더 가서 기차는 속도가 느려졌고 철조망이 높이 솟은 울타리 사이에 정지했다. 이 울타리에는 출입문이 있었지만 오랫동안 거의 사용되지 않았다는 증거로 잡초가 무성하게 자라 있었다. 그곳에는 큰 철문이 하나 있었는데 몇 분 간 대기한 다음에 잠금이 해제되고 흔들거리며 열렸다. 기차는 일시적으로 멈춘 듯했지만 이내 다시 달리기 시작했다. 우리는 100미터가 조금 안 되는 넓이의 진흙으로 된 낮은 강둑을 사이로 두만강 위에 왠지 사색적으로 놓인 철로 다리에 접근하고 있었다. 기차는 또 멈추어 섰고, 다시 움직이자 연속적인 무거운 덜컹거림과 흔들림이 있었다.

"게이지를 변경하는 거야." 조는 아는 척하며 말했다.

다리의 지지대들 밑으로 기차가 나아가면서 기차 위쪽의 좁은 통로에 서 있는 남자 한 명을 볼 수 있었다. 야로슬라프였다. 한 손으로는 격렬하게 손을 흔들고 다른 한 손엔 그의 고프로 카메라를 들고 있었다. 우리는 그렇게 러시아를 뒤로 하고 두만강을 넘었다.

북한이라는
마른 땅을 밟다

기차가 두만강 다리의 반대편에 상륙하자마자 말 그대로 우리는 다른 나라에 있었다. 강에 인접한 축축한 벌판은 다 농지였고, 각 방향에서 보이는 마른 땅은 옥수수로 보이는 작물이 빽빽하게 재배되고 있었다. 그때 객실 안을 관통하는 엄청난 덜컹거림이 있었다.

"짐칸에서 바이크가 넘어진 걸 거야." 데이브가 말했다.

그 러시아 미녀와 그녀의 젊은 남성 동반자는 우리와 우리의 여행에 대한 호기심을 보였다.

"그럼 당신들은 북한으로 들어가기 위해 러시아에 온 건가요?" 남자가 물었다.

"아니요." 데이브가 대답했다. "우리는 4주 동안 러시아에 있었어요. 오토바이 여행을 하면서요."

"어디서부터 탔어요?"

"마가단에서요." 데이브가 즉각 말했다.

"마가단에서부터요?" 그는 자신의 귀를 의심하는 것 같았다. "거기에 길이 있어요?"

기차가 커다란 공산권의 갈색 제복을 입고 위가 평평하고 챙이 있는 모자를 쓴 북한 남자를 지나칠 때, 브랜든은 창밖을 촬영하고 있었다. 그 남자는 어깨에 소총을 메고 있었고, 고정된 총검을 가지고 있었다. 그는 브랜든을 보고 깜짝 놀랐는지 잠시 멍하게 있다가 정신을 차리는 듯 보였다.

이 새로운 러시아인들은 평양에서 열리는 무역 박람회에 참석하기 위해 가는 길이었다. 남한에 있는 연구팀은 그들의 유창한 한국어 실력을 보고 그들을 이곳에 보냈다. 많은 러시아 사람들이 북한에 가서 일을 하고 있고 심지어 관광하러 갈 수도 있다고 했다.

기차는 다시 멈췄다. 역에 도착한 것 같지는 않았다. 우리는 조차장 같은 곳에 있었고, 옆에는 거대한 녹슨 보기차 더미가 있었다. 그리고 갈색 육군 제복을 입은 남자가 창고에서 나오는 것을 보았다. 또 한 명이 따라 나왔고, 또 한 명, 그리고 또 한 명, 총 다섯 명이었고 그중 두 명은 서류 가방을 쥐고 있었다. 객실 안에 있던 러시아인들이 의아하다는 듯 서로를 바라보고 있었다.

군인들 중 하나가 객실의 맨 끝에서 나타나 앞쪽을 유심히 살피더

군인들은 철도를 넘어
조심스럽게 기차 쪽으로 다가왔다.

니 다시 밖으로 나갔다. 몇 분 동안 아무 일도 일어나지 않았다. 그리고 그와 또 다른 한 명이 다시 나타나 우리를 가리키며 다가왔다.

"그는 당신들의 여권을 원해요." 토니의 사랑스러운 젊은 친구 루보브가 통역했다.

우리는 그들에게 여권을 넘겨줬고 그들은 사라졌다.

다른 승객들 대부분은 전혀 러시아인답지 않은 호기심을 보이며 우리를 쳐다보고 있었다. 이것은 분명히 일반적인 절차와는 거리가 멀었다.

반시간 후에 그 군인들이 다시 나타났고 그들의 딱딱한 군대식 태도는 그들과 함께 나타난 화사한 웃음의 젊은 여성 장교에 의해 한층 부드러워졌다. 그녀는 여권을 들고 있었다.

"북한에 오신 것을 환영합니다." 그녀는 영어로 말했다. 그리곤 한국어로 뭐라고 더 말했다.

"그녀가 당신들의 방문이 그녀의 국가에 매우 중요하다고 하네요." 루보브가 통역했다.

경비원들이 하차했고 이 일시적이지만 길었던 정차 후 기차는 다시 앞으로 들썩거리며 몇 백 미터를 좀 더 나아가더니 멈췄다.

"그들이 짐칸을 분리하고 있어요." 데이브가 전했다. "바이크가 들어 있는 칸이요."

"어?" 개러스가 외쳤다. 그는 여전히 일이 잘못될 경우를 위해 대비하고 있었다.

기차는 다시 앞으로 이동했고 곧 우리는 두만강역의 플랫폼 옆에 있었다. 3킬로미터를 여행하는 데 거의 2시간이 걸렸다. 북동쪽 언덕 너머로 〈닥터후〉에서 나오는 달렉 로봇 모양의 러시아 건물 꼭대기가 보였고, 서쪽으로는 분명 중국 영토에 있는 다른 건물들이 보였다. 철도 선로 건너편에는 긴 회색 바지와 흰색 러닝셔츠를 입고 밭에서 몸을 굽혀 일하는 노인이 보였다.

우리는 기차 안에서 만난 친구들에게 작별을 고했다. - 토니는 그 이후 약 30분 동안을 몽롱하게 미소를 짓고 있었다. - 그리고 짐을 챙기는 러시아인의 무리들보다 먼저 내렸다. 우리가 세관 창고로 이동했을 때 그곳에서 친숙한 얼굴을 보았다. 황손철, 우리의 북한 연락책이었다. 그는 우리가 빌딩으로 들어갈 때 씩 웃으며 손을 흔들어 주었다. 장식용 수술이 흔들리고 있는 갈색 제복을 입은 유머 감각이 별로 없어 보이는 관계자는 우리에게 전자 제품을 맡길 것을 요구했다. 우리는 의무적으로 GPS 장치, 아이폰, 위성 전화, 심지어 카메라까지 넘겨줘야 했다. 아이폰은 돌려받았지만, GPS는 검은 테이프로 묶여서 안전한 보관을 위해 황에게 전달되었다. 우리는 그를 만나서 너무 기뻤다. 마치 오랫동안 소식이 끊겼던 친구와 다시 만난 것 같았다. "그때 그 생선이요." 미스터 황이 조에게 말했다. "정말 크고 맛있었어요."

최근에 우리가 받은 모든 메일들과 그의 동료 미스터 백과의 뉴질랜드 방문, 또 1년 전 우리의 평양 방문 등을 생각해 보면 우리는 정말이지 각자의 버릇, 심지어는 서로의 별난 특성들까지 잘 알게 되었다. 다시 만나 마냥 좋았고, 전혀 다른 두 사회적 배경의 거대한 격차를 초월하는 느낌이 들어서 좋았다. 우리 카메라 중 일부는 내장형 GPS 기능을 가지고 있기 때문에 '안전 보관' 쪽으로 옮겨졌다. 개러스는 이것이 못마땅했다. 조가 가까스로 그녀의 카메라를 돌려받았을 때에도 여전히 더 못마땅했다. 조는 이미 뉴질랜드에서 유성마커로 카메라에 적힌 GPS를 지우는 선견지명을 발휘했었다. 물론 GPS 기능을 사용하려는 의도도 전혀 없었지만.

세관 절차는 우리를 위해 특별히 간소화되었기 때문에 바로 다른쪽으로 나갈 수 있었다. 플랫폼에는 우리를 기다리는 두 번째 친숙한 얼굴, 미스터 백이 있었다. 이건 순전히 추측이지만 그는 50대 초반쯤 되었고, 평균 키와 체격 그리고 살짝 전성기의 모택동처럼 보이는 벗겨진 헤어 라인을 가지고 있었다. 그는 진심 어린 커다란 웃음을 지으며 다가와 한 명씩 악수를 했고 조와는 뺨에 키스를 했다.

그는 그의 팀, TV 카메라를 들고 있는 사람들과 소형 무기를 차고 있는 군인들을 소개했다. 군인들 중 하나는 그 자신보다 몇 사이즈는 더 큰 제복을 빌려 입은 듯 보였다. 그의 겉옷은 헐렁해서 흘러내렸고 소매는 너무 길었다. 그리고 그의 넓은 갈색 모자는 그를 버섯처럼 보이게 했다.

"환영합니다. 환영해요." 미스터 백이 반복해서 말했다. 미스터 황의 안심한 듯한 표정을 보고 개러스의 얼굴도 펴졌다. 그도 분명

히 모든 노력들이 언제 수포로 돌아갈지 몰라 안절부절못하며 잠 못
드는 수많은 밤들이 있었으리라. 로저 셰퍼드도 여기에 있어야 했지
만 우리가 그날 저녁에 갈 항구 도시 청진에서 여권 문제 같은 것 때
문에 일정이 미뤄졌다고 했다.

　우리는 도요타 랜드 크루저를 타고 플랫폼 옆에 놓인 바이크가 실
려 있는 초록색 짐칸을 향해 이동했다. 누군가가 자물쇠를 자르기
위해 펜치를 찾는 동안, 주변에는 떼를 지어 서성거리는 무리들이
많았다.

* * *

"저 사람한테 부탁해." 데이브가 소총을 가진 남자를 가리키며 몸
짓을 했다.

"총으로 쏴서 열어 줄지도 몰라."

곧 파란색 러닝셔츠를 입은 남자가 와서 손목을 재빠르게 돌려 가
위를 휘두르니 자물쇠가 잘려 나갔다. 그가 문을 힘껏 밀어 열자마
자, 우리는 모두 동시에 몸을 내밀어 짐칸을 들여다봤다. ─ 이런 상
황들은 항상 머릿속에서 심장 소리만 들릴 만큼 불안하다. ─ 그리고
우리는 바이크 다섯 대가 모두 여전히 잘 세워져 있었고 아무 탈 없
이 잘 도착한 것을 확인했다.

개러스가 먼저 화차에 들어갔고, 갈색 제복의 뚱뚱한 사람이 물건

들을 검안하기 위해 뒤따랐다. 그는 가장 가까이 있는 비닐 가방을 열어 보라는 몸짓을 했다. 그는 눈을 가늘게 뜨고 미심쩍은 눈빛으로 전자 제품 및 컴퓨터, 전기면도기 등의 물건들을 살펴보았다. 다 끝난 후 우리는 바이크를 끌고 나와 조선민주주의인민공화국의 토양 위에 놓았다. 러시아에서 짐을 실을때 보다 훨씬 쉬운 작업이었다. 플랫폼은 짐칸 바닥과 수평을 이루어서 경사로도 필요 없었다.

세관 관계자는 우리의 패니어 가방 안의 내용물로 관심을 옮겼다. 무수히 많은 비닐 용기들과 그것들에 담긴 각각의 내용물들을 조사하느라 그의 표정이 일그러졌다. 한편 브랜든은 플랫폼을 방황하다가 자전거를 탄 남자에 의해 거의 치일 뻔했다. 자전거는 여기 조선민주주의인민공화국에서는 중요한 수송 수단 중 하나이다. 그리고 색다른 점은 모든 자전거에는 자전거와 자전거 주인의 움직임을 통제하기 위해 지역 이름이 적힌 빨간색 등록판이 붙어 있었다.

세관 남자는 고개를 끄덕였고 우리는 라이딩을 시작했다. 우리를 이끄는 사이렌을 켠 경찰차 두 대와 함께 즉각적인 자동차 대열이 형성되었다. 첫 번째는 우리를 위해 교통을 중지하고 거리에서 모든 보행자를 멈추도록 교통경찰에게 알리는 목적이었고, 두 번째는 그 메시지를 다시 한 번 명확하게 전달하기 위해서였다. 그 뒤로는 텔레비전 카메라맨과 미스터 백을 포함하는 도요타 랜드 크루저가 현지 관계자 한 명과 우리 뒤를 바로 뒤따랐다. 여기부터 15마일 떨어진, 우리의 점심 식사를 위해 멈추게 될 나선시까지는 듣자 하니 특별 경제 구역이었다. 도요타 뒤로 우리 바이크 다섯 대가 왔고, 우리 뒤에는 미스터 황과 여러 관리들이 탄 두 번째 랜드 크루저가 따라 왔다. 그리고 무슨 목적인지 도통 알 수 없는 우리의 행렬 뒤를 따르는 다른 두 차량이 맨 마지막에 있었다.

우리는 덜컹거리며 역을 빠져나갔다. 선을 넘고 다시 넘고 크고 파란 출입문을 통해 나왔다. 저 너머로 작은 마을이 있었고 최근에 땜질된 딱딱한 도로와 삭막한 콘크리트 빌딩들이 있었다. 잘 차려입은 사람들이 거리를 걸어 다니고 있었다. 자전거들이 도처에 널려 있었고, 심지어 황소가 끄는 수레를 지나치기도 했다.

* * *

우리가 지나치는 사람들의 반응은 재미있었다. 우리를 호위하는 차량에서 나오는 사이렌 소리 덕에 사람들은 우리가 온다는 것에 대해 미리 알고 있었다. 일부는 멈춰 서서 호기심 어린 눈으로 우리를 바라보았다. 우리가 손을 흔들면 그들 중 상당수가 같이 손을 흔들어 주었는데, 그중 일부는 이게 뭔지를 생각해 볼 시간을 갖기도 전에 튀어나온 본능적인 반응 같았다. 또 다른 이들은 그대로 얼어 버렸다. 어떤 사람들은 뭘 어떻게 해야 하는지 몰라 그냥 그 자리에 주저앉기도 했다. 그리고 조의 뒤에서 바이크를 타고 가던 개러스는 사람들이 팔꿈치로 서로를 쿡쿡 찌르고 조를 가리키며 놀라서 입을

밝은 빨간색 목수건을 두른 학생들이 많이 보였다.

가리는 것을 보았다.

마을 밖, 도로는 양호했다. 넓고 적절하게 수리가 잘 포장된 흙 표면이었다. 여기저기 깊게 패인 구멍을 메우기 위해 양동이와 삽을 사용하는 사람들의 무리를 지나쳐 갔다. 길이 바뀌는 곳 대부분에는 깨끗하게 옷을 입은 군인들이 근무 중이었는데, 그들은 보호 게시물 옆에 서 있었다. 우리가 통과할 때 그들은 경례를 했다. 가장 가파른 언덕 쪽만 제외하고 모든 곳에 농작물이 재배되고 있었다. 우리가 떠나온 몇 마일 북쪽의 러시아와는 대조적이었다. 러시아에선 놀고 있는 땅에 몇몇 사람만이 드문드문 앉아서 일하고 있었다.

우리는 담배가 말려지고 있는 평상들 옆을 지나고 옥수수 밭, 곡물 밭을 지나쳐 갔다. 한두 달 후 수확 철이었기에 모든 것이 멋지고 비옥한 녹색이었다. 특히나 시베리아의 황량한 폐허 이후에 본 광경이었으니 더 그랬다. 우리의 헬멧 안은 옥수수수염의 달콤한 향내가 채워졌다. 논에서 나는 지독한 비료 냄새와 함께 시골은 단정하게 잘 손질돼 있었고, 쓰레기 등으로 어질러 있는 모습은 전혀 없었다. 산기슭에 자리 잡고 있는 마을을 지나쳤을 때는 약 40개 정도의 하얀색 집들을 보았고, 그 집들의 옅은 회색 지붕 위로 큰 굴뚝이 각각 한 쌍씩 있었다. 그것이 바로 건물 밖 아궁이에서 시작한 파이프가 마룻바닥부터 굴뚝까지 연결돼 있어 그 배기관이 방을 덥히는 한국의 전통 난방인 '온돌'이었다.

청진에 도착하자
비가 내리다

우리는 두만강 유역보다 더 크고, 모든 것이 더 좋아 보이는 나선시에 가까워졌다. 일부 아파트 건물들은 약간은 현대식으로 보였고, 특히 웅장한 사무실 빌딩 단지는 벽화들과 이런저런 설명이 적힌 기념비가 있는 광장으로 완성돼 있었다. 나무, 교통경찰 및 군인들이 줄지어 거리를 채우고 있었다.

우리가 점심을 먹게 될 장소는 매우 고급스러운 파고다 지붕이 인상적인 곳이었다. 비가 왔는지 여기저기 패인 웅덩이와는 다소 어울리지 않게 서 있는 여섯 명의 쾌활한 젊은 아가씨들이 보였다. 그들은 검정 치마와 흰색 블라우스, 굽이 낮은 신발 차림으로 앞마당에서 우리를 맞이했다. 조는 그들의 다리를 좋아했다. – 그녀는 북한 사람들이 어디든 걸어서 다니기 때문에 그들의 다리가 서양 사람들보다 더 탄력이 있는 것이 아닐까 생각되었다. 그리고 그녀는 남자들도 마찬가지로 아주 좋아하고 있다는 것을 알 수 있었다.

우리는 깨끗한 흰 천이 덮여 있는 거대한 둥근 테이블에 둘러앉았고 그들은 음식을 내오기 시작했다. 김치와 만두, 국수 그리고 아름답게 준비된 야채들이 나왔다. 조는 무언가를 부탁하거나 종업원에게 감사하다고 하기 위해 적절한 한국어 단어를 생각할 때마다 러시아 단어가 대신 떠오르는 것을 발견했다. 우리의 배는 곧 꼬르륵거리기 시작했고, 바로 타이밍 좋게 메인 요리가 나왔다! 그들은 술도 내왔지만 거절해야만 했다. 우리는 한국 시간 오전 2시 이후로 계속 깨어 있었고 그날 밤 머물게 될 장소까지는 87킬로미터의 라이딩이 여전히 남아 있기 때문이었다. 우리는 한국인들이 좋아하는 볶은 보리로 만든 보리차에 만족하기로 했다. 그 맛은 아주 훌륭하고 상쾌했다. 우리 중 그 누구도 플로브_{우즈베키스탄의 소고기 볶음밥}나 보르쉬_{러시아의 비트 루트로 만든 수프}를 그리워하지 않았다.

점심 식사 후에 우리를 안내하는 수행단이 그들끼리 서열 문제를 해결하는 동안 우리는 앞마당에서 어슬렁거리며 시간을 죽였다. 조는 종업원들과 몇 마디를 주고받았고, 남자들은 사진 촬영 기회를 절대 놓치지 않고 그녀들과 포즈를 취했다. 마치 미녀와 야수 같았다. 그때 버스 한 대가 지나가며 빵 하고 경적을 울렸다. 기차에서 만났던 러시아 친구들이 미친듯이 손을 흔들고 있었다.

오고 가던 사람들이 우리와 오토바이들, 그 다음에는 우리와 함께 있는 공무원들을 차례로 바라보았고 재빨리 다시 눈길을 돌렸다.

나선시의 외곽에서 우리는 특별 경제 구역을 떠나며 국경 비슷한 것을 넘었다. 우리와 동행한 관료는 우리 서류들이 다음에 통과할 관할 당국에 의해 얼마나 면밀하게 검토되었는지에 대해 이의를 제기했고 그에 관한 열띤 토론이 있었다. 마침내 우리가 통과되었을 때 사이렌을 단 호위대는 남겨졌다. 이제 맨 앞의 랜드 크루저와 맨 뒤의 랜드 크루저만이 우리를 호위하고 있었다.

도로는 움푹 들어간 구멍들과 울퉁불퉁한 표면으로 상태가 안 좋았고, 손목에 힘을 하도 줘서 진이 다 빠졌다. 그리고 늪 같은 모래가 늘어져 있어서 서 있을 때는 바이크 발판을 써야만 했다. 정말 험난한 50킬로미터였다.

우리가 오후 5시쯤 북한 함경도의 수도인 청진에 도착했을 때 비가 막 내리기 시작했다. 우리는 완전히 지쳐 있었다. 순전히 아드레날린 힘으로 이제껏 계속해서 왔던 것이다. 비가 오는 청진은 우리에게 별로 좋지 않은 인상을 남겼다. 보호 시설처럼 보이는 아파트 단지가 대부분이었고 도시 전체가 그저 크고 삭막하다는 느낌이었다. 최근에 한 것으로 보이는 도시 미화를 위한 광범위한 조경 사업도 그러한 이미지를 전혀 부드럽게 만들어 주지 않았다. 길거리에는 많은 사람들이 걷고 있었고, 자전거를 탄 사람들과 트롤리 버스 한두 대와 특이한 황소 수레도 있었다. 어떤 사람들은 우리에게 손을 흔들어 줬다. 하지만 마치 우리가 보이지 않는다는 듯 행동하는 사

지나가는 트럭들마다 젊은 사람들이 짐칸에 가득했다.

람들도 있었다.

　20세기 초 일본이 한반도를 장악할 때까지 청진은 어촌 마을이었다. 일본 식민 지배 후 청진은 항구와 철강 산업의 중심지로 개발되었다. 그리고 북한은 일본이 남긴 그 모든 환경과 시설을 넘겨받았지만 그들은 찢어지게 가난했기 때문에, 특히 대북 경제 제재 조치 이후로 그 시설을 활용할 수도 없었다. 대부분이 황폐해졌다. 청진은 또한 불안정한 정권에 시달린 역사를 가진 북한의 몇 안 되는 도시 중 하나로 주목할 만하다. 1990년대에 북한을 고통에 빠트린 식량 위기가 아마도 우연은 아닐 것이다. 이곳에는 남쪽 지역보다 경작지 규모가 훨씬 더 작았기 때문이다.

　우리가 머무를 숙소인 천마산 호텔로 들어갔을 때 이 역사적인 순간을 잡기 위해 비디오카메라를 들고 서 있는 로저 셰퍼드를 보았다. 개러스가 오토바이에서 내려 헬멧을 벗는 것을 보며 로저는 함박웃음을 지었다. 개러스와 로저는 이게 꿈인지 생시인지 믿을 수 없다는 표정으로 서로를 응시하며 악수를 나누었다.

　"로저, 우리가 해냈어." 개러스가 말했다.

　"그래요." 로저가 응답했다. "정말 이곳에 오셨군요."

　온천이 있는 천마산 호텔은 1997년도에 외국인 방문객들의 숙소를 목적으로 지어졌다. 그 호텔은 박물관처럼 웅장했으나 약간은 축축하고 방치되어진 듯 곰팡이 냄새가 났다. 다른 손님이 있었다고 하더라도 우리는 그들의 흔적을 전혀 볼 수 없었다. 우리는 방에 짐을 풀었다. – 평범했으나 확실히 매우 편안했다. 우리가 최근 시베리아의 황야에서 견뎌냈어야 했던 곳과는 차원이 달랐다. – 그리고 뜨거운 샤워로 우리의 지친 몸을 달랬다. 그 후 조는 황량한 동굴처럼 휑뎅그렁한 식당으로 내려갔다. 거기서 구석에 앉아 혼자 휴대전화를 가지고 놀고 있는 젊은 여성을 보았다.

그녀는 조에게 미소를 보였다.

"맥주 주세요." 조가 한국말로 말했다.

그녀는 바로 고개를 끄덕였고 곧 맥주를 가지고 돌아왔다. 조는 지친 한숨과 함께 의자에 몸을 맡긴 채 그날의 모험을 기록하려고 아이패드를 열었다. 종업원 여자는 자기 자리로 돌아가 자신의 휴대전화를 가지고 다시 놀기 시작했다. 위층 호텔 방에서는 개러스가 창밖으로 동해에 걸쳐진 항구와 그 너머를 바라보고 있었다. 거의 움직임이 없었고 불빛도 몇 개 보이지 않았다. 개러스는 이것이 꿈이 아닌지 확인하기 위해 자신을 꼬집어 볼 수밖에 없었다. 이 날만을 꿈꿔 왔던 지난 몇 년과 그리고 관료 집단들과 논쟁하며 지나간 몇 달 후 마가단에서 이곳으로 오는 길까지의 모든 잘못될 수도 있었던 가능성들을 극복하고 결국 우리는 이곳에 온 것이었다.

시계처럼 돌아가는
북한 농촌의 표정

　　　　　개러스는 아직도 러시아 시간에 살고 있었다. 그는 오전 5시에 눈을 떴고, 일어난 김에 패니어 가방이나 다시 정리하기로 했다. 그는 살며시 아래층으로 가서 호텔 정문 근처에 줄 세워져 있는 오토바이가 있는 곳으로 갔다. 놀랍게도 그곳에는 두 명의 군인이 보초를 서고 있었다. 그때까지도 북한에서 보안, 특히 공식 방문객을 위한 보안은 상당히 예민한 문제라는 것을 인지하지 못하고 있었다. 그리고 미스터 황의 말에 따르면 우리는 공식 방문객이었다. 군인들은 둘 다 의자에 앉은 채 깊이 잠들어 있었다. 그 중 하나는 머리를 개러스의 오토바이 안장에 기대고 약하게 코를 골고 있었다. 개러스는 그들을 깨울 마음이 없었기 때문에 일단 후퇴하기로 했다.

미스터 황과 미스터 백이 때 빼고 광낸 모습으로 깔끔하게 다린 옷을 입고 아침 식사 시간에 나타났다. 로저 또한 말쑥한 차림으로 나타나 우리의 북한 종단이 얼마나 중대한 이해관계에 있는지에 관해 설명했다. 우리가 아직까지 눈치채지 못했을 거라 생각했는지 이 여행은 정치적으로 민감한 시기에 이루어지고 있다고 부연 설명했다. 우리는 가지고 온 카메라를 소지하는 것을 허락 받았지만 – "글쎄. 전부 다는 아닌데." 라고 개러스가 구시렁거렸다. – 촬영할 때는 조심해야 했다. 군에 관련돼 보이는 것, 추후에 북한에 대한 편견을 불러일으키는 데 사용될 수 있는 그 어떠한 것도 찍어서는 안 된다고 했다. 그들은 사소한 도발에도 우리의 카메라를 빼앗아 갈 것이라고도 했다. 로저는 누구든지 위의 사항을 위반한다면 우리들은 똥통에 빠질 것이라며 경고했다. 그리고 북한의 똥통 속은 절대로 있고 싶은 곳이 아니라고 덧붙였다.

우리가 8시 30분경, 움푹움푹 파인 거리를 통과해 청진을 빠져나갈 때 이슬비가 부슬부슬 내리고 있었다. 오늘 아침엔 앞뒤의 랜드 크루저 하나씩만 우리를 호위했기 때문에 한결 편안했다. 그리고 일반 시민들에게 미치는 영향도 적은 것 같았다. 도시 외곽에 들어서자 다시 흙 길이 나왔고, 길은 구덩이들과 주름이 진 것처럼 울퉁불퉁했다. 그래서 라이딩은 쉽지 않았다. 우리 앞의 랜드 크루저가 시속 40킬로미터로 달리고 있었기 때문에 우리도 그 속도로 맞춰질 수밖에 없었다. 덕분에 우리는 생각만큼 먼 거리를 갈 수도 없었고,

초고속 기어를 넣고 편하게 달릴 수도 없었다. 군이 긍정적으로 생각하자면 우리가 산등성이를 올라가기 시작했을 때의 비 따위는 성가시게 느껴지지도 않았다. 우리는 매 시간마다 5분 정도 오토바이에서 내려 스트레칭을 할 수 있도록, 또한 우리와 동행하는 다른 북한 사람들이 담배를 필 수 있는 시간을 달라고 미스터 황에게 요청했다. 이렇게 여행 중 휴식을 취해야 피로를 피할 수 있다. 사고라도 나면 안 되니까.

북한의 시골은 우리가 여행했던 많은 전통적인 농업 국가들과는 조금 달랐다. 사람들은 계절을 날 만큼의 식량과 주택 및 의류의 필요를 충족하기 위한 경작과 재배에 집착하고 있었다. 어떤 것도 특이할 것은 없었다. 선진국에서는 이러한 방식이 거의 없어졌으나, 이것이 인류의 가장 오래된 생존 방식임은 틀림없다. 스탄으로 끝나는 많은 국가들이나 인도차이나 또는 중국의 변방을 통과하며 라이딩하는 것과 별반 다를 게 없었다. 경작지는 깔끔하게 정돈돼 있었다. 확실히 매우 강한 직업윤리가 있었고 사람들은 바쁘게 자신의 일상 업무를 수행했다. 사람들은 적절하게 식량을 공급 받고 있는 것처럼 보였다. 적어도 이 지역, 이 시점에서는 식량 공급이 문제가 되지 않는 것이 분명했다.

우리가 지나갈 때 보여준 주민들의 반응은 기분 좋은 아침을 만들어 주었다. 우리는 손을 흔들었고 경적을 울리고 돌아서서 경례했다. 경찰 호위대가 없었기 때문에 이런 우리들의 익살스러운 행동에

서방 세계에서 '공산주의'라는 용어는 고압적 국가 통제의 이데올로기와 동의어가 되었다.

주민들은 놀라서 입을 딱 벌리거나 손을 크게 흔들며 빛나는 미소를 내보이고, 환호성을 지르며 폭소를 터트리기도 했다. 우리는 여태껏 오토바이로 여행했던 나라들에서 작은 파장을 만드는 데 익숙했지만 이런 건 처음이었다.

지배층 엘리트가 국민을 통제하는 것을 통해 공산주의 혁명의 성과를 실현할 수 있다는 레닌의 개념은 러시아인의 삶 모든 측면의 대규모 명령과 제약을 정당화하는 데 사용되었다. 20세기 중반 수십 년 동안 이 모델은 소련의 속국들에 적용되었고, 북한은 물론 마오의 중국, 카스트로의 쿠바를 포함한 많은 국가에 수출되었다.

우리가 바로 전에 다녀온 시베리아가 스탈린의 과거 망령과 통제 사회의 기념박물관이었다면, 북한에서의 여정은 현대 공산주의 테마 공원으로의 여행이 될 것 같았다. 조선민주주의인민공화국의 화폐 경제는 매우 제한돼 있었다. - 음식, 의복, 주택이 모두 화폐가 아닌 법령에 의해 할당됐다. 아주 적은 수의 기계들과 피크, 삽, 낫, 흙손과 칼 같은 아주 기본적인 도구만 썼을지언정 생산은 발생했다. 북한 주민들은 늘 일을 하고 있었고, 그것도 정말 열심히 하고 있었다. - 그들 노동의 열매는 재배 경지 규모와 농작물의 건강함에서 엿볼 수 있었다. 기술 및 노동 이외 자원의 부재에서 그들에게 가장 주요한 자산은 조직이었다. 농촌의 생산 기지는 시계처럼 돌아가는 것 같았다. 마을에서는 꼭두새벽부터 확성기로 그날 하루 일정에 대해 방송을 했다. 거리로 나서는 수많은 일꾼들 손에 들린 원시적인 손

도구들이 부딪히는 소리는 그 확성기 소리가 묻힐 만큼 시끄러웠다. 손이 많아 일이 힘들지는 않겠지만 그렇다고 해서 인도, 파키스탄, 방글라데시나 아프리카 지역에서 볼 수 있는 아이들이 노동을 하는 모습은 북한에선 볼 수 없었다. 사실 전혀 달랐다. 우리가 봤던 대부분의 아이들은 학교 유니폼을 입고 있었다. 조선민주주의인민공화국은 세계에서 가장 낮은 문맹률을 보유한 국가 중 하나이다.

우리는 중앙 정부에서 편성한 사업장에서 힘든 노동 일과를 마친 러닝셔츠 바람의 남자들이 퇴근하는 트럭들을 끊임없이 지나쳤다. 그러나 그냥 잘 편성된 노동 조직이 다양한 사업장으로 향하는 것만이 중앙 제어의 수준을 나타내지는 않았다. 곳곳에서 상당수의 제복을 입은 사람들이 경비를 서고 있었다. 목장에서 주의 깊게 주변을 살피며 노동자를 감독하거나 호루라기로 보행자의 흐름을 통제하고 교차로를 감독하는 등 정말 믿을 수 없을 만큼 조직적이었다. 그리고 그것은 덩샤오핑의 자유화 이후 적어도 동부 및 중앙 중국에서 볼 수 있었지만 지금은 약화된 그 무언가였다. 명령의 포인트는 도처에 있었다. 그들의 권력은 계속해서 우리의 눈에 띄었다. 시민들은 우리의 호위대나 경찰이 도로에 일렬로 세우려고 외치는 명령에 복종하기 위해 서둘러 움직였다.

"도로에서 비켜서라." "자전거에서 내려라." "차량을 멈춰라." "보이지 않도록 몸을 감춰라." 사람들은 주목받지 않기 위해 쭈그리고 앉았고 심지어는 마치 모래에 머리를 묻는 타조처럼 자기가 정부

관리자를 볼 수 없으면 정부 관리자도 자신을 보지 못하지 않을까 하며 등을 돌리는 듯했다.

하지만 미리 경고를 받은 것도 응답하는 방법을 지시 받은 것도 아닌 사람들에게 인사할 때는 연기가 아닌 진실된 그리고 본능적이며 자발적인 반응을 얻을 수 있었다. 예를 들어 맨 앞의 라이더가 경적을 울리고 손을 흔들면 한 남자가 서서 뚫어져라 쳐다봤다. 다음 오토바이가 따라오면 그는 기수에게 손을 흔들어 줬다. 세 번째 라이더가 지나갈 즈음엔 그는 정말 신이 나서 활짝 웃으며 마구 손을 흔들었다. 그는 주변 사람들도 부추기려는 듯했다. 그래서 마지막 라이더 차례가 오면 환호하고 인사하고 손 흔들며 응원해 주는 작은 무리가 있곤 했다. 사람의 정신은 억제할 수 없는 것인가 보다.

우리는 점심을 먹으려고 잠시 멈췄다. 선두 호위 차량이 지붕이 있는 피크닉 장소에 호텔에서 가져온 멋진 과일 바구니를 준비해 두었다. 점심을 먹으며 우리는 이러한 만남들에 대해 각자 느낀 것을 얘기했다. 우리는 길에서 마주친 이들에 대해 이야기를 주고받으며 모두 함께 웃었고, 눈물도 흘렸다. 대단한 것이 아닐 수도 있지만 그 기분은 마치 누군가의 하루를 즐겁게 만든 것처럼 진정으로 감동적이었다.

삼지연의 도로는
핑크색이다

우리는 북한과 중국 사이의 국경을 따라 달리고 있었다. 무산의 마을을 떠나 우리는 공원과 같은 숲이 우거진 지역에 오르기 시작했다. 도로는 매우 젖어 있었지만, 입자가 거칠고 분홍빛이 도는 회색 모래가 깔려 있어 미끄럽지 않았다. 여기저기 큰비로 인해 토사 붕괴가 있었지만, 우리를 맞이하기 위한 계획 및 조직의 규모를 느낄 수 있었다. 맨 앞의 랜드 크루저가 길을 가로질러 빠르게 흐르는 물줄기 옆에 멈춰 섰다. 오토바이의 무게를 견딜 수 있을 정도의 얇지만 견고한 통나무가 임시 다리로 놓여 있었다. 역시나 제복을 입은 남자가 작은 빨간색과 흰색 디스크를 손에 들고 근무 중이었다. 항공기 방향을 안내하기 위해 지상 근무원이 쓰는 둥근 지시봉과 다르지 않았다. 러닝셔츠와 빛바랜 안전 조끼를 입은 두 남자의 도움을 받아 우리가 차례로 각자의 오토바이를 밀며 다리를 건널 때 그는 마치 막대 사탕을 켠 아이처럼 비효율적으로 손을 흔들었다.

일단 오토바이들이 다리 위를 건너고 랜드 크루저가 개울을 가로질렀다. 개울물은 자동차 바퀴 위까지 올 정도로 깊었고, 만약 우리가 시베리아 스타일로 건넜다면 한참 걸렸을 것 같았다. 우리를 돕겠다고 온 작은 군단 중 한 명이 조의 바이크를 미는 동안 미스터 백이 조가 다리를 건널 때 손을 잡아 주겠다고 자청했다. 북한에도 기사도 정신이 건재하고 있었다.

미스터 황은 그가 북한 당국에 우리가 원하는 경로를 얘기한 후 미스터 백과 함께 일일이 차로 돌면서 어려움이 있을 수 있는 모든 지역을 확인했다고 설명했다. 정부가 마법의 지팡이를 흔들자 일꾼들은 폭우가 와도 우리가 무사히 지나갈 수 있는 도로를 만들기 위해 자신들의 손도구를 휘둘렀다. 정말 감사할 따름이었다.

점심 식사 후 우리는 속도를 냈고 진행은 좀 더 나아졌다. 그리고 정책의 변화가 있었다. 우리가 주민들에게 손 흔들고 웃어 주는 것을 즐긴다는 것을 알아차린 우리의 호위대는 지나가는 주민들에게 우리를 향해 먼저 손 흔들고 웃어 주라고 독려하고 있었다.

우리가 삼지연으로 접근할수록 도로는 섬세한 핑크 색상으로 변했다. 아마도 화산인 백두산에 가까워졌기 때문인 것 같다. 우리는 숲에서 고원 지역으로 들어왔고, 마지막 60킬로미터에서는 깨끗한 흰색 헬멧과 장갑을 낀 경찰 오토바이 두 대와 경찰차 한 대가 호위대에 합류했다. 경찰 바이크들은 라이트를 깜박이면서 맨 앞을 달렸다. 자동차는 약 150미터 뒤에서 사이렌을 울리며 따라왔다. 앞선 호위대들이 주민들에게 손을 흔들고 행복한 모습을 보이라고 얘기했지만, 그다지 바라던 효과는 없었다. 우리가 접근하면 사람들은 도로 옆 덤불로 다이빙했다. 길게 뻗은 한 도로에서 모든 차량과 대부분의 보행자가 움직임을 멈췄고, 우리는 자동차, 트럭과 사람들의 조각상을 통과하듯이 그들 사이를 빠져나갔다.

삼지연은 믿거나 말거나 관광지로 유명한 곳이다. 그곳은 영적, 역사적, 정치적으로 중요한 장소들과 가까이 있었고, 또한 주변의 산과 숲에서는 스키를 타거나 오지에서 살아남기 훈련 등의 레크리에이션을 할 수 있었다. 그곳은 고산 전나무로 둘러싸여 활기찬 마을이었다. 우리가 마을에 진입했을 때 유니폼을 입은 젊은 사람들의 큰 무리가 환호성을 보내며 적극적으로 손을 흔들었다. 그들이 자발적으로 우리를 환영해 주는 것이라고 완전히 믿지는 않았고 비록 짧은 시간이었지만, 어쨌거나 관심 비슷한 것의 중심에 있을 수 있음에 즐거웠다.

정말 기나긴 하루였다. 게다가 팔을 계속 흔들어댔기 때문에 기진맥진했다. 그래서 이 하루가 끝났다는 생각에 마음이 놓였다. 토니와 브랜든은 한국어를 연습해 보려고 술집으로 향했다. "맥주." 라고 하자 다행히 그 예쁜 여자 바텐더가 알아들었나 보다. 그녀는 맥

240킬로미터를 달리면서 지원 차량 수행단과의 함께하는 여행에 적응하고 있었다.

주를 가져다줬다. 그래서 그들은 다시 시도해 보았다. 우리는 거대한 원형 테이블에 둘러앉아 덜 격식을 차린 저녁 식사를 하는 것으로 그날을 마무리했다. 조는 그녀의 링클프리 울 드레스를 입고 어머니에게서 물려받은 무늬를 새겨 넣은 유리 목걸이를 했다. 심지어 머리도 빗었다. 남자들은 아이러니한 휘파람으로 그녀의 차림새를 맞이했다.

"조, 우리보다 나아 보이고 싶다 이거지?" 토니가 말했다.

"토니, 그건 별로 어렵지 않아." 그녀는 대답했고 모두 움찔했다.

"예쁜데 왜." 개러스가 말했다. 놀리는 말투는 아니었다.

"고마워, 여보." 조가 호의적으로 응답했다.

로저가 제임슨 위스키 한 병을 땄고, 우리의 호스트를 위해 다 같이 축배를 들었다. 위스키는 금방 바닥을 보였고, 우리도 바로 취해버렸다.

남자들은 아침이 밝자 마을 외곽의 얼음처럼 차가운 작은 개울로 향했다. 오토바이는 그날 오후 우리의 백두대간 종단 여행의 공식 출발식을 위해 최고의 상태로 보여야 했지만, 세차장 비슷한 것은 커녕 물뿌리개조차 구할 수 없었기 때문이다. 개러스는 연설문을 작성하기 위해 호텔에 머물렀고, 다른 사람들이 그의 오토바이를 닦아주기로 했다. 우리 경호원들도 소매와 바지단을 걷고 우리를 도왔다. 조는 열쇠를 깜빡했기 때문에 다시 호텔로 돌아갔다. 그녀가 돌아왔을 때 즈음엔 이미 세차가 끝났다.

오토바이들은 한반도의 아침 햇살 아래 반짝거리고 있었다. 우리가 마가단을 떠난 이래 데이브와 개러스의 바이크가 가장 깨끗한 상태였을 것이다. 아무도 그녀를 돕겠다고 나서지 않았다. 아마 전날 저녁에 그녀 혼자 차려입어 남자들을 망신 주었기 때문에 남자들은 조를 놀려 주기로 작정한 것 같았다. 무릎 깊이의 개울에서 혼자 더러운 바이크를 닦는 것만큼 콧대를 팍 꺾는 방법은 없지 않은가.

남자들이 강기슭에 서서 조가 바이크를 닦는 걸 구경하는 동안 그 지역 주민들이 자전거를 타고 피땀 흘려 일하는 조를 힐끗 보고 지나갔다. 분명 그들은 '아이고 세상에 그래도 우리는 여자들이 일하고 남자들은 멍하게 서서 구경만 하는 미개한 사회에 살고 있지는 않구나.' 라고 생각하고 있었을 것이다.

호텔로 돌아와서 브랜든은 그의 오토바이 핸들에 고프로 헬멧 카메라를 장착하는 아이디어를 생각해 내서 철사와 카메라를 가지고 꼼지락거리기 시작했다. 그는 그것에 대해 전혀 숨기지 않았고, 경호원 팀 전원이 그를 보며 서 있었다. 하지만 로저는 불안해 보였다.

"그걸 사용하기 전에 허가를 받으실 거죠?" 그는 말했다.

브랜든은 대답 없이 힐끗 로저를 보더니 하던 일을 계속했다.

"달지 마세요." 로저가 갑자기 말했다. "뜯어내라고요."

오토바이를 즐기는 사람들은 누구보다도 본능적이고 개인주의적인 인간의 본질을 추구하기 때문에 대부분 자유로운 영혼을 가지고 있다. 또한 바이커들 중에 권위와 친한 사람은 거의 없다. 브랜든은 바이커이고, 따라서 로저의 고압적인 태도에 대한 그의 반응은 말을 안 해도 알 수 있었다.

"꺼져." 그는 말했다. 또는 그런 비슷한 말을 했다.

조가 나가서 북한에 들어온 이래로 거의 쓰지 않았던 자신의 카메라를 가지고 왔다. 그녀는 미스터 황과 미스터 백에게 건넸다.

"북한을 난처하게 할 수도 있는 것들을 촬영하지 않았는지 확실하게 확인해 보실래요?" 그녀가 말했다. 미스터 백은 어깨를 으쓱했다.

"모건 박사님이 결정하세요." 그가 말했다.

한편 개러스는 우리가 통과할 때 너무 지나치게 열심인 호위 차량이 지역 주민에게 시킨 '명령에 의한 손 흔들기'에 대해 어떻게 대처할지 고민하고 있었다. 우리가 원했던 것은 절대 아니었고, 오히려 주민들과 실제로 교감할 수 있는 기회를 망치는 것이었다. 그래서 그는 미스터 황에게 우리를 호위하는 경찰에게 얘기해 달라고 정중히 요청했다. 가는 길목마다 명령에 의해 미친듯이 손을 흔들고 있는 주민들을 보는 것은 우리에게는 조금 정이 안 가는 일이라고 말이다. 물론 우리의 호스트는 우리를 기쁘게 하려고 했을 뿐이지만 그래도 지나친 건 어쩔 수 없었다. 사람들에게 이래라저래라 하는 것은 우리 스타일이 아니었다.

"규칙은 군사적인 것과 북한을 수치스럽게 만들 수
있는 어떤 것도 찍으면 안 된다는 것입니다."

Part 3

평양의 하루는
오차가 없다

삼십 미터짜리
동상과의 인터뷰

오후에 우리는 북한의 첫 번째 지도자인 김일성의 30미터짜리 동상이 우뚝 서 있는 5킬로미터 떨어진 기념 광장까지 안내 받았다. 동상을 배경으로 한반도의 신성한 산, 백두산이 있어야 했지만 오늘은 산머리에 구름이 끼어 있었다. 우리는 기념물들을 짧게 둘러봤다. 대부분이 일본 제국주의에서 해방돼 조선민주주의인민공화국의 설립으로 이뤄진 투쟁의 역사를 묘사하고 있었다.

한반도는 몽골제국을 비롯한 다양한 중국 왕조들처럼 제국의 야망 따위를 가진 나라들에 의해 기나긴 세월을 시달린 이후 20세기 초 일제 야욕의 희생물이 되었다. 한반도는 일본의 침략 전쟁 중 중국, 이어서 러시아와의 충돌 과정에서 일본군에 의해 점령되었다. 한반도는 1910년 공식적으로 일본에 합병되었다. 일본에게 식민 지배를 당한 어느 나라도 일본이 인도적으로 그 국민들을 대했다는 기록은 없다. 한반도의 경험도 다른 나라들과 다를 바 없었다. 수십만의 한국인들이 노동과 젊은 여성의 경우 위안부 같은 성 노예를 강요당했고, 일본은 그에 대항하는 시위들을 잔인하게 진압했다. 저항 운동은 만주와 시베리아에서 국경을 넘은 망명이 이어지면서 번성하기 시작했다.

일본의 식민 지배를 대항했던 독립투사 중에 김성주라는 이름의 청년이 있었다. 그는 평양에서 약간 북쪽에 있는 마을의 독실한 한인 장로교인 부모에게서 태어났다. 그의 말에 의하면 일본으로부터 가족이 독립 운동에 관련되었다고 의심 받기 시작하면서 어쩔 수 없이 온 가족이 만주로 도망쳐야 했다고 한다. 어린 김성주는 열넷의 나이에 항일 저항 운동에 합류하면서 학생 신분으로 만주 공산당의 일원인 채 수개월간 감옥살이를 했다. 일본의 한반도 지배를 반대하는 1930년 5월 대중 봉기 같은 만주 항일 투쟁에 화가 난 일본은 이후 그러한 사건을 만주를 침략하기 위한 구실로 사용했다. 1935년에 김성주는 말 그대로 '태양이 되어라'라는 뜻인 '김일성'이란 이름을 택했고, 게릴라 지도자로서 악명을 날렸다.

그해 그는 국경 너머의 한 작은 마을에서 비록 몇 시간 동안이었지만 독립군의 깃발을 날리는 데 성공했다. 그것은 일본 점령군에게 실제로 타격을 준 첫 유격전이었고, 김일성의 이름이 널리 퍼지는 계기가 되었다. 그는 시베리아로 도망간 후 소련의 하바로프스크 인근 외곽에 자리 잡은 게릴라 캠프에서 더 전문적인 훈련을 받기 위해 입대했다. 그는 제2차 세계 대전이 끝날 때까지 소련에 남아 있었고, 붉은 군대의 소령 계급을 갖고 있었다.

1945년 8월 6일 미국은 일본에 두 개의 원자 폭탄 중 첫 번째를 투하했고 일본은 모든 전의를 상실했다. 세 달 전 항복한 독일 때문에 한숨 돌린 소련은 지도상 북위 38도에서 한반도 침략을 중단하겠다는 의지를 미국에 표명했다. 8월 9일 스탈린은 일본에 선전 포고를 하고 만주를 침략했다. 두 번째 원자 폭탄이 떨어진 다음 날인 8월 15일에 소련군이 북한을 점령했고, 김일성은 스탈린의 지지를 받아 임시 정부의 지도자로서 일주일 후에 한반도에 도착했다.

전쟁의 끝 무렵에 기존 세계 질서를 재정립할 국제기구로 결성된 유엔은 한반도 전체를 통치할 정부를 설립하기 위한 선거 준비를 계획하고 있었다. 그러나 1948년 8월 9일 김일성과 그의 노동당은 스스로 주권 국가 조선민주주의인민공화국 – 민주주의란 단어의 사용은 그 당시 독재 마르크스 레닌주의 마케팅 부서에서 인기가 있었다. – 임을 선언했다. 1949년 김일성은 본격적으로 자신을 신격화하는 작업에 들어갔다.

거대한 김일성 동상의 그늘에 서서 개러스는 북한 텔레비전과의 첫 번째 인터뷰를 했다. 그는 신중을 기할 필요가 있음을 의식하고 있었다. 그는 우리의 현재 호스트인 북한의 기분을 상하게 하고 싶지 않았지만 이와 동시에 전혀 다른 또 하나의 한국을 종단해야 한

그는 자기 스스로를 '위대한 지도자'라 칭하라고 명령했다.

다는 것을 잘 알고 있었기에 남한에게 실수를 범하는 것 또한 원치 않았다. 그는 그리고 그가 무엇을 말하던지 간에 뉴질랜드 정부뿐만 아니라 미국과 다른 국가에 의해 면밀하게 검토될 것이란 것을 알고 있었다. 게다가 개러스는 남한뿐만 아니라 서방 세계가 북한을 향해 좀 더 건설적인 입장을 취하도록 만들려는 포부를 갖고 있었다. 때문에 더욱 더 필사적으로 여기에 관련된 그 누구와도 소원해지지 않으며 그의 첫 번째 장애물을 잘 피해 가길 원했다.

인터뷰 진행자는 영어를 잘했다. 수미는 북한의 유일한 통신사인 조선중앙통신KCNA에서 나왔고, 카메라맨인 미스터 백은 시작부터 우리와 함께해 왔다. 우리의 오토바이 여행 뉴스와 이 여행의 목적에 중점을 두고, 후에 국내 뉴스에 특집 기사로 보도될 것이었다.

"모건 박사님. 우리의 국가 기념물 및 역사적 해방을 묘사한 그림을 본 소감은 어떠십니까?"

"우리 모두는 역사에서 배웁니다." 개러스는 대답했다. "그리고 한국인들은 식민 세력에 의한 점령과 마침내 그것을 어떻게 뒤집었는지를 잊어서는 안 됩니다. 그것은 국가 정체성과 국가 정체성의 재확인, 그리고 오늘날 우리 위치에 관한 것입니다."

"당신은 김일성과 그의 반식민지 운동에 대해 어떻게 생각하십니까?"

"역사를 보면 국가들은 끊임없이 다른 이에 의해 점령당했고 식민지화됐습니다. 대개 이런 점령은 오래가지 않았고, 결국은 식민지의 굴레에서 해방되었습니다. 또한 식민지 지배에 대응하는 세력은 대개 카리스마 있는 한 명의 지도자에 의해 주도되고는 합니다. 일본의 식민 지배에 대응했던 북한의 지도자는 김일성이었습니다. 혐오스러운 점령군을 물리치기 위해 모두가 힘을 합한 예라고 볼 수 있겠습니다."

그 다음에는 예상했던 질문이 나왔다.

"한반도는 오늘날 분단된 상태로 있습니다. 어떻게 보십니까?"

"그것은 국가의 비극이며 우리 모두가 – 남북한뿐만 아니라 비슷한 상황의 다른 국가들 – 분단 상태를 끝내기 위해 더 단호하고 건설적인 조치를 취해야 할 것입니다. 당신도 알다시피 독일은 제2차 세계 대전 이후 분단되었고, 그 분단은 끝이 났습니다. 한국이 분단의 고통을 계속 겪어야 하는 것은 옳지 않습니다. 이것은 세계 대전의 여파에서 온 시대착오적 발상이며 가능한 빨리 없어져야 합니다.

저는 한민족 3분의 1북한 주민이 그들이 누려야 할 경제적, 사회적 혜택을 누릴 수 없는 것에 대해 매우 염려하고 있습니다. 우리 모두는 한민족이 5,000년 동안 그래 왔던 것처럼 다시 하나로 되는 세상을 꿈꾸고 있습니다. 관련된 질문, 아니 유일하게 이것과 관련된 질문은 이 이상적인 결과를 향한 단계를 밟기 위해서 우리가 무엇을 할 수 있을까 입니다. 우리는 그 단계들을 명료하게 세우고, 모두가 동의할 수 있어야 하며 또 그것을 성취하기 위해 최선을 다해 노력해야 합니다. 하룻밤 만에 성공할 수 없습니다. 과정이 필요할 것입니다. 그러나 우리는 노력해야 합니다. 저는 우리에게 의지가 있다면 이루어질 것이라고 믿습니다."

　미소와 공감하는 *끄덕임*이 주위에 가득했다. 개러스는 언론을 다루는 데 익숙했지만, 동시에 바이커였기 때문에 그와 같은 문제들에 대해 우유부단하게 미적거리는 것을 좋아하지 않았다. 그가 첫 번째 장애물을 넘었다는 것에 대해 깊게 안도하며 생각보다 더 긴장했다는 것을 깨달았다.

백두산 산기슭의
광대한 고원

중공업이나 인공조명에서 오는 오염이 별로 없어서 북한의 밤하늘에는 별들이 눈부시게 빛났다. 특히 추울 때 이 고도에서 볼 수 있는 별들은 정말 선명했다. 조는 이른 아침의 황도 십이궁도를 좋아하게 되었다. 오리온자리의 세 별은 특히나 밝았고, 동쪽의 새벽별은 찬란했다. 우리 호위대가 전날 저녁에 해준 모든 무서운 이야기에도 불구하고, 그것은 중요한 날이 될 거란 전조였다. 그들의 말에 의하면 백두산 정상까지의 길은 가파르고 미끄러우며 일반적으로 늘 안개가 자욱하고, 비나 눈이 오지 않을 때에도 강풍이 분다고 했다.

아니나 다를까 8월 19일 월요일은 정말 훌륭했다. 남자들은 랜드 크루저에 넣고 다니던 휘발유통에서 바이크 연료를 채웠고, 개러스는 방으로 들어가 바이크 보호 장비 안에 남 앞에 내놓아도 부끄럽지 않을 만한 옷을 갖추어 입었다.

그때쯤 우리에겐 이름이 붙어 있었다. – 평화와 번영을 위한 백두한라 오토바이 미션 – 백두산 정상의 공식 출정은 큰 행사로 진행되었다. 많은 현지 고위 인사들이 북한 국영 TV, 라디오, 신문에서 온 기자들과 함께 있을 것이었다. 개러스는 연설 연습을 했고 조는 옆에서 그의 셔츠를 세탁하면서 이따금 그의 한국어 발음에 움찔했다.

우리는 50킬로미터 정도를 달려 오후 2시에 그곳에 도착할 계획이었다. 그래서 우리는 출발 전에 비교적 이른 점심을 여유롭게 먹을 수 있었다. 꽃놀이라도 가야 할 것 같은 행렬이었다. 다섯 대의 오토바이와 두 대의 랜드 크루저, 사이렌과 조명이 달린 경찰차, 말끔하게 흰색 재킷과 파란색 바지 차림을 한 경호대까지 거느리고 말이다. 이 도로들을 도대체 어떻게 이렇게 깨끗하게 유지하는 것인지 궁금할 지경이었다. 길옆은 감자, 담배 잎, 해바라기, 감귤류의 주요 작물과 금잔화와 코스모스가 화려하게 수놓아져 있었다. 곧 도로는 빽빽한 고산 침엽수로 높게 만들어진 벽을 통과해 흙먼지로 뒤덮인 길게 늘어진 한 줄의 좁은 길로 바뀌었다. 산 정상으로 가는 길의 중간쯤에서 포장도로를 만났지만 이것은 축복으로 보기만은 힘들었다. 이따금씩 파손된 도로가 불시에 나타나는 바람에 긴장했다. 높이 올라갈수록 기온이 떨어져서 포장도로는 이끼로 상당히 뒤덮인 상태였다. 갈수록 전나무의 수는 점점 줄어들었고, 관목들과 고산 지역에서 볼 수 있는 잔디 덤불들이 늘어나기 시작했다. 백미러에는 산을 둘러싼 고원의 아름다운 전경이 비춰졌다.

포장도로가 갑자기 끊기기도 했고 속도 방지 턱처럼 울퉁불퉁한 자갈길 위를 달리고 있었지만, 그럭저럭 갈 만했다. 비록 가끔씩 마주친 가파른 오르막의 자갈길은 힘들었지만 말이다. 마침내 우리는 바퀴 자국을 깊이 새기며 화산재 표면을 오르고 있었다. 이는 아이슬란드에서 우리의 많은 시간을 보냈던 까다로운 화산암재 표면의 기억을 불러 일으켰다. 그리고 이 길을 다시 내려가야 할 생각에 두려워졌다.

가동되지 않는 케이블카가 매달려 있는 곤돌라가 보였다. 백두산의 분화구에 있는 호수로 향하는 마지막 능선에 오를수록 도로는 점점 가팔라졌다. 우리가 능선을 오르자 갑자기 천지, 혹은 천국의 호수는 우리의 발아래에 놓여 있었다. 전망대부터 호숫가까지 운행하는 다른 곤돌라가 있었고 그것을 타기 위해 지역 주민들이 줄을 서서 기다리고 있었다.

날씨는 변하지 않았다. 잠시 해를 가리는 구름 조각들이 빠르게 움직이고 있을 뿐, 화창한 날씨였다. 구름 한 점 없는 햇살 아래로 호수는 로열 블루 색을 띠었다. 구름이 지나갈 때는 짙은 감청색으로 어두워졌으며 구름 사이로 새어 나오는 태양 광선은 보는 각도에 따라 달라지는 변화무쌍한 녹색 빛으로 호수에 내리꽂혔다.

호수가 멀리 두만강과 합쳐지는 곳을 볼 수 있었다. 압록강은 그

빠르게 지나가는 구름 사이로 눈부시게 내리찍는 햇살이 호수에 반사되는 모습은 마법 같았다.

반대편에서 차츰 시야에 들어왔다. 두만강 길은 북한의 북쪽과 러시아를 가르고 있다. 만주어로 '두 나라 사이의 국경'을 뜻하는 800킬로미터 길이의 압록강은 중국과 한반도를 분리한다. 실제로 우리는 호수 건너편 언덕 위에 우리가 있었던 전망대와 비슷한 중국 편 전망대를 볼 수 있었다.

백두산은 말 그대로 남북한을 규정하는 강인 두만강과 압록강에 생명을 불어넣는 산이기에 어떻게 이곳이 한민족의 영산이 되었는지 느끼는 것은 어렵지 않았다. 한국인뿐만 아니라 만주 사람들도 - 한국인의 뿌리는 만주에서 시작되었다고 한다. - 이 산을 민족 기반의 발상지로 여긴다. 잠깐 동안 백두산이 중국 영토에 속한 적도 있었다. 따라서 중국으로부터 산의 3분의 1을 되돌려 받은 것은 김일성의 업적 중 하나로 기록되고 있다.

그 호수는 10세기에 거대한 화산 폭발로 뚫린 구멍에 자리 잡고 있다. 백두산은 100년에 한 번 꼴로 분출했었고, 마지막 화산 분출은 1903년에 있었다. 중국 쪽 능선엔 숲이 빽빽하게 우거져 있었고, 산의 중요성 때문에 숲은 자연 그대로 남아 있으며 호랑이와 곰 등 온갖 종류의 희귀 야생 동물들이 서식하고 있다. 산 정상은 백년설로 덮여 있다. 이는 산의 이름뿐만 아니라 - 백두는 한자어로 흰머리라는 뜻이다. - 바람을 동반한 살을 에는 듯한 추위도 설명한다.

주변을 조금 더 구경한 후 미스터 백은 사람들과 인사할 시간이 되었다고 개러스에게 고갯짓을 했다. 개러스는 그의 연설문을 가져왔고 우리는 카메라 수행원들과 마이크를 든 기자들과 함께 정상으로 성큼성큼 걸어갔다. 개러스는 연단에 올라섰다.

천국처럼 아름다운 호수를 배경으로 미스터 백의 인사말 후 개러스가 연설을 시작했다.

먼저, 여러분들의 나라를 북에서 남으로 종단하려고 하는 저와 저의 아내, 그리고 세 명의 동료들을 초대해 준 북한 사람들에게 진심 어린 감사의 뜻을 전하고 싶습니다. 이곳에 와서 여러분들의 환대를 받을 수 있었던 것은 대단한 특권이었습니다. 길을 따라 오토바이를 타면서 쌀, 옥수수, 감자 그리고 사람들에게 공급되는 다른 필수 작물들을 생산하는 시골에서 열심히 일하는 사람들의 노동의 열매를 관찰했습니다. 우리는 여러분들이 올해 최고의 수확을 하기 바랍니다.

이번 모터사이클 여행은 백두대간의 줄기를 따라 북에서 남쪽으로 갑니다. 이 산맥은 한반도의 통일성과 단일성을 상징합니다. 압록강의 동쪽과 반도의 맨 아랫부분까지 이어지는 두만강의 남쪽까지…. 남북한은 5,000년 역사의 나라입니다. 이것은 상대적으로 훨씬 더 짧은 역사를 가진 신생 국가에서 온 우리 뉴질랜드 사람들에게는 참으로 기나긴 역사가 아닐 수 없습니다.

오늘 저는 여러분들의 신성한 산의 정상, 천지 옆의 작은 돌들로 모든 한민족을 결속시켜 주는 백두산 줄기 종단의 완성을 상징하고 싶습니다. 따라서 이 돌들을 제주도의 한라산 정상까지 제 오토바이로 옮겨

가기를 희망합니다.

1945년 이래로 한반도는 분단돼 있습니다. 한반도의 긴 역사에 비하면 아주 짧은 기간이라 하더라도 너무나 오랜 시간이 흘렀습니다. 우리가 모두 알다시피 분단은 1953년 국제적인 협의에 의해 찬성되었습니다. 그해는 또한 제 아내와 제가 태어난 해이기도 합니다. 그러기에 우리가 살아온 기간 동안 한국인들은 지금 우리가 하려는 것을 할 수가 없었습니다. 그들의 조국을 자유롭게 여행하는 것 말입니다. 그것은 옳지 않습니다. 지금 현재 우리가 백두에서 한라까지 자유롭게 여행하며 이 모든 것을 즐기는 것처럼 모든 한국인들이 그들의 조국을 누릴 수 있도록 하는 것이 죽기 전 우리의 꿈입니다. 우리 모두가 노력할 가치가 있다고 생각하는 꿈입니다.

이번 백두대간 여행을 가능하게 해준 여러분들의 지원을 가장 먼저 진심으로 감사드리며, 머지않아 모든 한국인들이 위협받지 않으며 평화와 조화를 이루고 살게 될 거라는 희망을 가지고 있습니다. 그때가 되면 한국인들은 자신들의 조국에서 성취와 번영의 삶을 영위할 수 있습니다. 그리고 우리는 그 목적에 기여하기 위해 최선을 다할 것입니다. 감사합니다.

천지 앞에서 바이크와 함께 사진 촬영이 이어졌다. 우리의 수행원인 경호원들, 군인과 교통 경찰관은 우리 제안의 중요성을 깨달은 것처럼 느껴졌다. 여태까지 아무도 의식하지 못했었지만 우리의 여행은 분단된 이래 최초의 한반도 종단이 될 것이었다. 그들은 우리와 어깨동무를 하려고 서로 다투었고 카메라를 향해 크게 미소를 지었다. 사진들은 아주 멋졌다. 키위와 한국인들 모두 발갛게 상기된 채 자연스러운 웃음을 짓고 있었다. 조가 모터사이클 경찰들에게 그들의 호위 서비스에 대한 감사를 한국말로 표현했을 때, 그들은 빙그레 웃었다.

아름다운 풍경을 감상할 시간이 왔다. 멀리 삼지연이 보였고 심지어 거대한 김일성 동상도 보였지만, 가장 인상 깊었던 장면은 백두산 경사의 눈 덮인 산등성이에서부터 산기슭 광대한 고원의 끝까지 펼쳐진 숲이었다.

"내려가는 화산재 길은 별로 기대되지 않는데." 조가 웅얼거렸다.

"나도." 개러스가 동조했다.

그는 몸을 굽혀 돌을 한줌 집었다. 거기서 대충 여섯 개 정도 색깔 있는 돌들로 골라서 주머니 속에 넣었다.

한반도 산맥의
출발점

　　　　　깊은 바퀴 자국을 남기며 지나온 가파른 하강
길은 무사히 끝났다. 호위대들도 무사했다. 혜산으로 가는 길로 들
어서기 전에 삼지연에서 남서쪽으로 73킬로미터 떨어진 지점에서
우리 호스트들은 그들 국가에서 가장 존경받는 정치적 장소 중 하나
를 보여 주려고 했다. 우리는 좁은 도로를 따라 숲을 통과해 시냇물
이 흐르는 곳에 모두 똑같이 지어진 통나무집들과 유리로 둘러싸인
잔해들을 구경하러 갔다. 군사 제복을 입은 화려한 젊은 여성에 따
르면 이곳은 김일성이 일본의 점령에 대항해 자신이 직접 유격대를
조직하고 게릴라 공격을 시작했던 비밀기지 중 하나였다고 했다.

　우리가 주변을 돌며 통나무집에 머리를 들이밀고 안을 구경하는
것을 한국인들은 자랑스럽게 지켜보고 있었다. 조선민주주의인민

공화국과 지금은 죽고 없는 위대한 지도자에 관한 거의 모든 기록들처럼 그의 군 경력은 논란의 소지가 있었다. 북한에서는 논란이 되지 않지만 확실히 서구에서는 논란이 되고 있다. 사실 신화에 가까운 김일성 전기의 진위 여부에 대해 연구하고 있는 남한과 미국에선 매우 인기 있는 학술 운동도 있었다. 심지어 그 학술 연구 중에는 김일성이 자신의 군사적 업적을 조작하기 위해 자신의 이름을 바꿨다는 주장도 있을 정도이다. 하지만 우리가 누구의 편을 들 이유는 없다. 김일성이 이곳 북한에서 절대적인 존경을 받는 것은 명백한 사실이다. 현재 북한의 적들이 무슨 비방을 해도 또 서방 학자들이 어떠한 의구심을 가져도 상관없이 말이다. 마치 체 게바라의 전설처럼 일본에 맞선 독립군으로서 김일성의 시간은 그의 가장 위대한 유산으로 남았으며, 그가 중국과 협상해서 민족의 영산인 백두산의 3분의 1을 반환 받은 것엔 이의를 제기할 수 없는 것이었다.

자동차 행렬과 본격적인 퍼레이드의 차이가 뭔지 누군들 알겠냐마는 뭐가 되었던지 간에 우리는 그것을 반대했어야만 했다. 점점 더 많은 멋진 오토바이 호위대가 계속해서 합류했다. 한 번은 새로운 한 쌍의 호위대가 개러스 바로 앞에 끼어들었다. 문제는 그들은 175cc의 오토바이를 타고 있었고, 자신들의 옷을 더럽히고 싶지 않은 모양이었는지 맨 앞의 자동차 호위대보다 훨씬 더 천천히 달렸다. 맨 앞의 차량은 곧 우리 시야에서 사라졌다. 그것은 괜찮았지만 우리는 도로의 울퉁불퉁한 표면을 매끄럽게 달리기 위해서 일정한

속도를 유지할 필요가 있었다. 그렇지 않으면 이가 덜덜 부딪치는 소리에 골이 다 흔들릴 테니까. 조는 특히나 어렵게 이 도로를 달리고 있었다. 그녀의 팔과 어깨, 그리고 그녀의 패니어 볼트는 모두 타격을 받았다. 그녀는 바이크에 더 큰 손상을 피하려면 그녀의 장비는 호위 차량 중 하나로 옮겨 실어야 한다는 브랜든의 설득을 받아들였다. 기운 없는 경찰차 뒤를 따라 잠시 요동치며 가다가 개러스는 할 만큼 했다며 그들을 지나치기로 마음먹었다. 그들은 놀란 눈으로 그가 지나치는 것을 봤지만, 곧바로 몸을 핸들로 굽히고 그를 따라잡으려고 조절판을 열었다. 그들은 마침내 우리를 다시 앞질렀고, 이후 속도를 유지하려고 최선을 다했다. 개러스는 그들이 약간 안쓰러웠다. 그들의 옷은 사고가 났을 경우에 충격을 흡수하는 것보다 미적 효과에 더 중심을 두고 만들어진 것이었다. 그들은 반짝반짝 윤이 나는 가죽 신발을 신고 있었는데, 여행하면서 만난 수많은 얕은 개울들을 건널 때마다 신발을 벗어 안전대 위에 놓았다.

혜산으로 들어가는 길은 극적이었다. 그때쯤 호위 모터사이클은 일곱 대나 있었다. 사이렌을 울리는 경찰차, 오토바이 경찰들 그리고 차에 앉은 운전기사들은 행인들에게 고함을 지르며 다른 방향으로 서둘러 피하라는 고압적인 몸짓을 취했다. 우리는 그 고압적인 분위기를 완화시키기 위해 웃으며 손을 흔들었다. 우리는 이런 대접에 한편으로는 송구스러운 기분이었고 들뜨기도 했다.

혜산은 계곡 바닥과 중국 도시 창바이의 강 반대편에 있었다. 압

우리가 지나가는 동안 반대편의 모든 교통은 중지되었다.

록강은 이 지점에 걸쳐 불과 50미터 거리에 있었다. 창바이와 혜산 사이의 대비는 현대 중국과 북한의 대비 만큼이나 극명했다. 특히 나 밤 저쪽의 네온사인과 반짝거림은 북한 밤하늘의 영광을 바래게 했다. 이 호텔은 주위에 널린 금잔화의 언덕들로 매우 예뻤다. 우리 가 도착한 직후 누군가가 자신의 휴대전화에 중국 쪽의 신호가 잡히 는 것을 알아차렸고, 뉴질랜드 SIM카드를 넣으면 북한 밖의 외부 세 계와 문자나 전화를 주고받을 수 있다는 것을 발견했다. 조는 심지 어 호텔 술집에 앉아 그녀의 전자책으로 책 쇼핑을 할 수도 있었다. 하지만 개러스는 그답지 않게 굳이 그런 위험을 감수하고 싶지 않았 다. 그는 조금 기분이 저조했다. – 토니가 러시아에서 가져온 병균에 살짝 노출되었는지도 모르겠다. – 힘든 하루였다. 육체적으로보다 는 정신적으로 그랬다. 우리는 완벽한 조건에서 한반도의 영산 백두 산 꼭대기에 서서 천지를 내려다보았다. 그것은 잊을 수 없는 기억 이었고 시작에 불과했다. 우리는 웅대하며 역사적인 한반도 산맥의 종단을 시작한 것이다.

안갯속의
함흥차사

　　호텔 안뜰에서 모든 호위대가 대기하고 있었다. 우리는 7시 30분 정시에 말끔하게 차려 입은 호텔 직원 앞에서 도로를 한 바퀴 돌고 다시 도시를 통과해 계곡 밑에서 언덕 위로 향했다. 우리는 다른 차량들이 시야에서 보이지 않을 정도로 두텁고 짙은 안개 가운데 있었다. 마치 불투명한 회색의 벽으로 둘러싸여 홀로 작은 거품 안에 있는 것과 같았다. 그리고 우리는 앞으로 이 도로에서 무슨 일이 생길지 몰라 신경을 바짝 곤두세우며 달렸다. 혼란스러웠다. 혼자 도로 위를 달리는 것과 다를바 없었던 것이다. 계속해서 문제가 생겼다. 우리 중 누군가가 경로를 이탈하면 모두 멈춰서서 그가 다시 행렬로 돌아올 때까지 기다렸다. 아무런 사고도 없었고 국제적인 문제를 일으킨 것도 아니지만, 우리는 다음 계곡으로 내려가면서 구름에서 빠져나왔다는 것에 안심했다.

우리는 이제 햇빛 아래서 달리고 있었다. 그것은 물론 안개가 없어진 자리를 먼지가 대신한다는 뜻이지만, 다른 점은 차량 간의 거리를 넓힐 수 있기 때문에 깨끗한 공기를 마신다는 것이었다. 우리 앞에서 임무를 수행하는 교통경찰들이 그들의 임무를 충실히 수행하고 있음을 알 수 있었다. 왜냐하면 우리 행렬이 지날 때까지 반대편의 차량들은 다 멈춰 있었기 때문이다.

조는 훨씬 더 편안하게 여행할 수 있었다. 전날 저녁 브랜든은 그녀의 타이어 압력을 체크했고 35가 아니라 50프사이인 것을 발견했다. 조는 블라디보스토크에서 고른 새 타이어에 적응하면 되겠지라고 단순하게 생각하고 압력 체크하는 것을 신경쓰지 않았던 것이다. 그녀는 더 이상 울퉁불퉁한 도로 표면에서 눈물을 흘리지 않아도 되었다.

고원의 가장자리 숲에 있는 그림 같은 폭포를 배경으로 점심 식사를 했다. 이 지점은 양강도가 끝나는 곳이기도 하다. 그 말은 곧 차량과 오토바이로 이루어진 호위대 그리고 고위 육군 간부들이 잔뜩 타고 있는 사륜구동이 우리를 떠날 것이란 뜻이었다. 통상적인 작별 인사를 위해 오토바이 대열을 만들었고 이 순간을 포착하기 위해 카메라들이 다시 나왔다. 흥분한 경찰들과 공무원들 및 육군 장성들은 우리 바이크 뒷좌석에 앉아서 촬영을 위한 모든 종류의 포즈를 선보였다. 조는 그녀의 바이크가 균형을 잃고 쓰러질까봐 불안했다. 그녀가 바이크를 놓치면 줄지어 서 있는 바이크들이 도미노처럼 쓰러지면서 우리 바이크 장비를 착용하고 사진을 찍던 군인들이 바이크와 함께 뒤엉켜 발버둥을 치는 사태가 벌어질 것이다. 그리고 그것은 올해의 사진이 될 것이 분명했다! 하지만 다행히도 모두가 똑바로 서 있었다. 그렇게 우리는 지금까지 함께했던 호위대와 작별 인사를 했다. 그리고 요란하게 사이렌을 울리며 나타난 사복 경찰 차량인 닛산 사파리를 새로운 호위대로 맞이했다.

"맙소사!" 브랜든이 말했다. 아니 적어도 우리가 생각하기에는 그는 그렇게 말한 듯했다. 사이렌 때문에 우리의 귀는 아직까지도 먹먹했다. "쟤들 제발 우리 뒤쪽으로 가라고 해. 저 시끄러운 소음에서 최대한 멀리 떨어져야 해." 데이브는 자신의 관자놀이에 자신의 엄지손가락을 갖다 대면서 말했다. 우리의 목적지인 함흥까지는 200킬로미터가 남아 있었다. 고원에서 해안가를 향해 아래로 내려갈수록 온도는 급상승했다.

우리는 감자 밭을 뒤로 하고, 다시 끊임없이 계속되는 옥수수 밭과 논으로 돌아왔다. 옥수수와 감자는 북한 사람들의 주식이다. 그곳에서는 옥수수의 수확이 진행되고 있었고, 노랗게 물든 논을 볼 때, 쌀 수확도 멀지 않은 듯했다. 모든 밭이나 논의 가장자리에는 귀중한 작물의 건강과 안녕을 볼 수 있는 높은 단이 있었다. 우리가 다리 스트레칭을 위해 멈춘 곳과 멀지 않은 길가에 황달에 걸렸는지 뼈만 남은 노인이 당나귀 수레 옆에 누워 있었다. 그는 분명히 병에

걸려 있는 것 같았다. - 개러스를 제외한 우리가 북한에서 처음 보는 아픈 사람이었다. - 그리고 그는 죽음의 문턱에 서 있는 것처럼 보였다. 호스피스 치료와 흰 병원 침대 시트에 익숙한 우리들에게 그 광경은 상당히 냉정하게 보였다. 그러나 각각의 문화마다 삶의 단계를 다루는 여러 가지 방법을 가지고 있을 뿐 그들이 꼭 나쁘다고 단정지을 수는 없었다.

"바깥 공기를 마시며 가족과 함께 일터에? 난 괜찮은 것 같은데." 조가 말했고 그 말은 일리가 있었다.

우리는 바람 빠진 타이어를 고치면서 드라마를 한 편 찍기도 했다. 완전히 소드의 법칙 어떤 일을 하고자 할 때 뜻하지 않은 것에 의해 방해를 받는 경향이 있다. - 역주 이었다. 바람 빠진 뒷바퀴를 고치기 위해서는 체인을 제거하고 바퀴를 빼야 했다. 오토바이를 받쳐 놓자 우리의 지칠 줄 모르는 카메라맨 미스터 백이 예술적인 작품을 얻기 위해 그 아래로 미끄러져 들어갔고, 그때 갑자기 오토바이가 그의 위로 쓰러졌다. 패니어 가방의 날카로운 가장자리가 그의 등에 찍히며 오토바이의 무게가 고스란히 그를 짓눌렀다. 그가 많이 고통스러워 했기 때문에 조가 약간의 진통제와 소염제를 주었다.

함흥 외곽에 가까워졌을 때까지 덥고 먼지가 날렸다. 이 도시의 이름은 남북한의 속담에 쓰인다. '함흥차사'라는 말은 심부름을 간 사람이 소식이 아주 없거나 또는 회답이 좀처럼 오지 않음을 비유하는 말이다. 조선의 태조 이성계가 두 번의 왕자의 난에 노하여 왕위를 정종에게 물려 주었고 함흥으로 가 버렸다. 정종에게 왕위를 이어받은 다른 아들 태종이 아버지의 노여움을 풀기 위해 함흥으로 사신을 여러 차례 보냈으나 이성계는 그 사신들을 죽이거나 잡아 가두고 돌려보내지 않았다. 따라서 한 번 가면 깜깜 무소식이라는 의미의 함흥차사라는 말이 생겨났다.

함흥은 또한 북한에서 화학 공업의 수도이기도 하다. 공장들 상당수가 1960년대에 동독의 지원으로 지어졌는데 그 공장들은 고속도로 변에 줄지어 있었다. 그리고 러시아를 떠난 이후 처음으로 본 연료 급유차들이 우리를 지나쳤다. 북한에서 두 번째로 크다는 이 도시는 넓은 가로수 길과 매 100미터 정도마다 경찰이 주둔해 있는 콘크리트 도로가 완벽한 띠를 이뤄 아주 깔끔했다. 인도는 보행자들로 붐볐고, 자전거들도 다녔으며 심지어 스쿠터들도 많이 있었다.

우리 호위대는 우리보다 먼저 달리며 길을 정리했다. 또 다시 우리가 지나갈 때 서 있거나 앉아서 우리를 외면하는 사람들이 보였다. – 아무것도 못 봤고, 아무 일도 일어나지 않은 척했다. – 조는 한 여자가 서둘러 자전거에서 내려 접었던 소매와 바짓단을 내리는 것을 보았다. 우리가 사람들의 복장을 단속하는 경찰인 줄 알았나 보다. 닛산과 우렁찬 사이렌은 페달을 밟는 자전거를 탄 농부나 신형 렉서스의 3성 장군을 차별하지 않았다. 모두 우리에게 길을 내주었다. 육중하고 거대한 18륜 트럭은 도로 경계석 쪽으로 방향을 지시받자 그 즉시 붐비는 보도를 향해 방향을 바꿔 차를 세웠다.

다음 36시간 동안의 우리가 머무를 숙소와 공식 프로그램에 따라 우리가 '해수욕'을 즐길 지점인 흥남의 해변 리조트 단지까지는 그다지 먼 거리는 아니었다. 흥남은 중요한 항구이며 1950년대 후반 한국 전쟁 초기에 역사상 최대 규모의 해상 철수 중 하나가 일어난 곳이다. 연합국 세력은 된케르크 철수 작전처럼 도망가는 중국 군대를 몰아내고 수천 명의 난민들과 물자를 남한에 안전하게 수송했다. 그때 남겨진 더 많은 수의 사람들과 그들의 후손은 오늘날 북한의 주민들이 되었다.

어느 마을의 어리둥절한 주민들을 지나치며 또 한 번의 짜릿한 질주를 마친 후, 마전 해수욕장에 도달했다. 함경남도 지방 사령관이 우리를 따뜻하게 맞이했다. 그는 우리를 위해 해변 바비큐 파티를 열었다. 그는 조와 악수를 하면서 그의 지역 주민들이 너무 초라하게 보이지 않았으면 한다고 말했다. 이에 조는 이곳에서 자기가 가장 후줄근한 사람이라고 말하자 그는 멋쩍게 웃었다.

리조트 자체는 매우 깨끗했지만 조금 오래되고 이상한 것들도 있었다. 예를 들어 화장실 물을 내리기 위해서는 양동이를 사용해야 했고, 목욕물을 덥히기 위해서 괴상하게 생긴 수중 히터 같이 생긴 것을 썼다. 숙박 시설은 바다가 펼쳐진 멋진 전망을 볼 수 있는 해변 바로 옆에 위치한 단독 방갈로였다. 쾌적하다고 할 만한 것은 거의 없었지만 숙박 시설로의 기능은 완벽하게 하고 있었다.

저녁 식사 바로 전에 우리의 백두산 방문과 여행에 대해 보도하는 북한 TV를 함께 보기 위해 모두 데이브와 로저의 방에 모였다. 또한 그들 자신의 노동 결과물을 보기 위해 제작진들도 의기양양하게 끼어 앉았다. 우리는 그들의 노력과 수고에 감사했다. 특히 저녁 뉴스의 다섯 번째 소식으로 우리가 채택된 것에 더욱 기뻤다. 제작진은 이건 전례가 없는 일이라고 장담했다. 우리 여행의 역사적인 의미에 대해 강조한 보도였다. 이 여행은 한국 전쟁 이래 인류 최초로 백두대간의 전체 길이를 종단하는 것이었다.

그 후 호위 차량의 운전기사들이 손수 바비큐를 굽고 있는 해변의 거친 하얀 모래사장으로 내려갔다. 우리가 소주를 홀짝이는 동안 그들은 양고기를 구웠다. 키위 방문자에 대해 미리 사전 조사를 한 모양이었다. 키위들은 양고기를 좋아한다. 우리 모두가 소주를 상당히 좋아하게 되었지만 이 개성에서 양조된 소주는 특히나 좋았다. 우리는 기분 좋게 취하고 있었다.

데이브는 바비큐를 조용히 지켜보고 있는 운전기사들을 부추겼다. 개러스는 미스터 황과 정치 얘기를 하고 있었다. 쾅쾅거리는 음악이 흘러나오는 대형 휴대용 카세트 라디오를 가진 다른 한국인 무리가 근처에 있었고 그들은 모두 춤추고 있었다.

"미스터 황, 난 저쪽에 가서 춤출 거예요." 조가 선언했다.

미스터 황은 개러스와의 대화를 중단하고, 경악하는 표정으로 그녀와 저쪽에서 춤추는 사람들을 번갈아 보았다.

"정말요?"

"예." 그녀는 말했다. 그리고 그쪽 방향으로 느긋하게 걸어갔다. 미스터 황이 우리 주변에서 계속 맴돌던 사람 중 한 명에게 뭔가 지시하는 것을 보았다. 그가 우리 경호원인지 아닌지는 모르겠다. 미스터 황의 지시를 받은 그는 거리를 두고 조의 뒤를 따라갔다. 춤추고 있던 남녀가 섞인 그 그룹은 조가 다가가자 그녀를 바라봤다.

"안녕하세요." 그녀가 말했고 춤추기 시작했다. 남자들은 술 마시며 웃고 손뼉을 치며 매우 즐거워했다. 그리고 그녀는 곧 그녀에게 잘 보이려고 경쟁적으로 춤을 추는 남자들에게 둘러싸였다. 여자들은 몇 발자국 뒤로 물러서서 보고 있었기 때문에 그들의 표정은 읽기 어려웠다.

몇 분 동안 이리저리 빠져나가려고 애를 쓴 후에 조는 남자들로부터 빠져나와 여자들에게 웃으며 걸어갔다. 이들 그룹은 그녀를 위해 길을 터 주었고, 그녀는 곧 스포츠 허들을 하듯 여러 사람의 팔들이 그녀의 허리와 어깨에 둘려 있는 것을 발견했다. 이번엔 그 금남禁男의 장벽 반대편에서 남자들이 서서 볼 차례였다.

여자들은 조의 이름과 나이를 물었다, 그녀는 말해 주었다. 그들은 그녀에게 자녀들의 이름과 나이 등 더 많은 질문들을 열심히 뽑아냈다. 그리고 그녀가 손자 손녀들까지 있다는 말을 했을 때는 탄성이 흘러나왔다.

"당신은 한국을 좋아하세요?" 그들이 그녀에게 물었다. "당신은 한국 음식을 좋아하나요?"

조는 그녀가 김치를 매우 좋아하고 한국을 사랑한다고 알려 줬다. 다들 얼굴 가득 미소를 지었다. 조는 그녀가 여행 다녔던 모든 나라와 문화에서 경험했던 그 특유의, 여자들만이 알 수 있는 특별한 감정을 느낄 수 있었다. 한편 이쪽에서도 그와 비슷한 유대감을 형성하는 의식이 진행되고 있었다. 토니는 자신의 반바지 허리 고무줄에 엄지손가락을 걸쳐 넣었다.

"미스터 백." 그가 말했다. "이리 와요. 우리 발가벗고 수영하러 갈 거예요."

미스터 백은 머뭇거리며 미소를 지었다. 그가 이해를 못해서 불편했는지 아니면 너무 잘 이해해서 불편했는지는 알 수 없었다. 그는 곧 의심할 필요가 없어졌다. 토니는 이미 옷을 홀딱 벗은 채 물로 향하고 있었고 우리는 "와~" 하며 함성을 질렀다. 그리고 북한의 호스트들은 멍하니 보고만 있었다. "오 이런." 이러다 체포당하는 거 아닐까 하는 생각이 들었다. 토니는 확실히 자신의 주량보다 더 마신 듯했다. 물에서 나온 후 토니는 셔츠를 다시 입었지만 엉덩이 절반은 그냥 공기에 말리기로 했다. 그는 맨 엉덩이로 모래에 앉아 손에는 소주를 들고 옷을 다 갖춰 입은 미스터 백과 깊은 대화에 빠져들었다. 미스터 백은 어떻게 해서든 평정심을 유지하려고 내내 애를 썼다.

자리로 돌아온 조는 남자들 중 한 명에게 우리가 남한에서 들은 가슴 찡해지는 민요인 〈아리랑〉에 대해서 물어보고 있었다. 그것이 북한에 알려져 있는지 궁금했기 때문이었다. 모두가 그녀를 멍하니 쳐다봤다. 그녀는 홍얼홍얼 아리랑을 부르기 시작했다. 갑자기 남자들 중 하나가 그 노래를 부르기 시작했다. 그의 목소리는 아름답고 성량이 풍부해서 듣기 좋았고 그의 얼굴에는 감정이 가득차 있었다. 모두가 말없이 듣고 있었다. 우리의 눈엔 눈물이 고였다. 그들은 알고 있었다. 그렇다. 모든 한국인이 안다. 이 노래를 부를 때면 남북이 없어지고, 모두 다 같은 한국인이 되는 것이다.

높이 솟은
관망탑의 감시

우리는 입 안이 텁텁한 것을 느끼며 잠에서 깼다. 누군가 뇌를 망치로 두드리고 있는 것처럼 머릿속이 쾅쾅 울려댔다. 소주의 분노였다! 심지어 커피를 먹어 봤자 소용이 없을 것 같았다. 한국식 식단으로 체질 개선의 효과를 누리고 있던 조는 전날 밤의 단백질 과부하로 고통스러웠기 때문에 토스트 대신 한국식 아침 식사를 달라고 식당 직원에게 부탁하려고 했다. 하지만 그들은 조 같은 외국인이 어떤 식사를 하는지 안다는 투로 너무 자랑스러워했기 때문에 그녀는 한국식 식사를 포기해야만 했다. 토스트에는 거의 손도 대지 않았다.

다행히 오늘은 움직일 계획이 없었기 때문에 오전 내내 해수욕을 하며 보냈다. 일벌레 개러스는 토니가 북한 전력 산업 고위 관계자와 비즈니스 미팅을 할 수 있을지 미스터 황과 논의했고, 한국 갈등 상황을 해결하는 방법을 연구한 노트를 황에게 전달하기도 했지만 다른 바이커들은 한가로운 오전을 보냈다. 미스터 황은 개러스에게 뉴질랜드 북한 우정회가 비료 자금 조달을 위해 최근 뉴질랜드 정부에게 요청한 일에 대해 알려 주었다. 겨우 6,500유로를 지원 요청했지만 뉴질랜드 정부는 고작 500유로를 제안했다. 그것도 여러 가지 조건을 달고 말이다. 미스터 황은 개러스가 북한 병원협회를 대신해 우정회가 의약품에 대한 자금을 모으는 것을 도울 수 있을지 궁금해했다.

조는 멍하니 텔레비전 채널을 돌리다가 세 명의 테너와 맞먹는 북한 가수들이 나오는 오페라 방송을 찾았다. 그녀는 오페라 광은 아니다. 따라서 아주 대단한 공연이 아니면 별로 관심을 두지 않는다. 하지만 이 사람들은 정말 잘했다. 그녀는 황홀경에 빠져 텔레비전 화면을 응시했고, 공연이 끝났을 때는 눈가에 눈물이 맺혔다. 마치 전날 밤 느낀 기분과 같았다. 조는 이 세상이 또 다른 한국의 풍부한 문화적 자산을 놓치고 있다고 생각했다.

오후에는 해변을 따라 산책했다. 모래사장의 끝에는 정확한 영어로 적힌 임시 표지판이 있었다. "정지" 브랜든은 그 표지판 뒤편에 무엇이 있는지 보려고 했지만 제복을 입은 남자가 날카로운 시선으로 그를 제지하고 고개를 저었다. 낮잠과 수영을 두세 번 더 한 후에 우리는 해변에서 저녁 식사로 맥주와 불고기를 먹을 준비를 했다.

"소주 드실래요?" 미스터 황이 이슬 맺힌 병을 들고 눈썹을 치켜 올리며 말했다.

"아, 전 괜찮아요." 개러스가 대답했다.

키위 바이커들과 북한의 호스트들 사이의 관계는 그때까지는 아주 화기애애했다. 우리는 저녁 식사 때 북한에서의 생활에 관해 대단히 심도 깊은 대화를 했다. 그들은 몇 가지 질문에 대답을 못하고 얼버무리기도 했다. 예를 들어 모든 밭에서 볼 수 있는 높이 솟은 관망탑에 있는 사람들의 진짜 역할이 무엇인지, 밭에 노동자들이 일을 하고 있건 말건 그 관망탑에는 감시원이 있는데 그 까닭은 무엇인지, 혹시 그들은 사람들이 생산물을 훔치거나 먹는 것을 막기 위해 있는 것인지 또는 작업이 원활하게 진행되는 것을 확인하기 위해 있는 것인지 등에 대해 아직 우리는 직접적인 대답을 듣지 못했다. 만약 누군가 지나친 질문을 하거나 정말 멍청한 것을 묻는다면 그들은 정중하게 무시하거나 혹은 우리가 믿기 힘든 대답을 했다. 예를 들자면 우리가 그들 사이를 자유롭게 걸어 다닌다면 주민들이 '무서워할 거'라고 말했다.

우리가 받은 전반적인 인상은 이 정권이 북한 주민들을 보호하기 위해 상당히 애를 쓰고 있고, 북한을 바라보는 서양의 태도가 매우 불공평하다고 느끼고 있다는 것이었다. 그들은 그들 자신을 외부의 편견으로부터 북한 주민들을 보호하는 수호자로 생각하고 있었다. 그것 또한 하나의 시각이다. 우리는 손님이었고 그것을 존중할 의무가 있었다. 그것을 이해하기 위해 많은 노력을 해야 할 지라도 말이다. 하지만 우리 호스트들은 우리에게 상당히 마음을 열고 있었다.

우리 관계에서 유일하게 있었던 긴장은 카메라 촬영 때문에 발생했다. 로저가 주로 감시원들의 메시지를 우리에게 전달했는데 문제는 그 메시지들이 일관성이 없었다는 것이다. 우리는 '우리가 촬영한 사진들과 영상들을 검열해도 좋다'라는 입장을 밝혔음에도 불구하고, 이제까지 모은 사진과 비디오의 양이 문제가 되었다. 북한의 규정을 어기고 찍은 유일한 장면은 느릿하게 움직이며 푸른 연기 기둥을 뿜어내는 발생로 가스를 태우는 트럭들이었다. 발생로 가스 - 실제 이름은 일산화탄소 - 는 제2차 세계 대전 당시 휘발유가 부족할 때 민간 수송용 대체 연료로 아주 널리 사용되었다. 숯은 엔진 근처에 장착된 증류기에서 연소된다. 얻어진 연기는 그을음 및 이산화탄소를 제거하기 위해 물탱크를 통과하고 생산되는 일산화탄소는 기화기에 공급돼 엔진에서 연소된다. 우리는 단지 이 대단한 차량과 그 기계적 요소들에 굉장한 관심이 있기 때문이라고 설명하려 했지만 우리 설득은 씨알도 먹히지 않았다.

이 저급 기술을 사용하는 기계를 찍은 것에 대해 북한이 민감하게 반응하는 거라고 생각할 수밖에 없었다. 왜냐하면 이 사진들이 그들이 대외적으로 지켜야 할 고급스럽고 잘 갖추어진 군대의 이미지를 훼손할 수도 있기 때문이다. 그 외에도 우리가 찍거나 촬영할 수 있는 것에 대한 명확한 제한은 없었다. 다큐 제작을 위해서 가능한 많

은 시각 자료를 수집하려고 했지만 제한되었다.

근사한 닛산 사파리를 선두로 우리는 매끄러운 콘크리트 도로에서 해안을 따라 달렸다. 우리는 한 무리의 아이들을 보았다. – 분명히 수학여행을 온 것 같았다. – 그들은 형형색색의 튜브를 타고 강에서 수영을 하고 있었다. 마을 근처에서는 이야기책에나 볼 수 있던 자전거나 수레로 시장까지 운반되고 있는 핑크색 돼지들을 보았다. 일부는 '꽤엑 꽤엑' 하는 소리를 내며 발버둥을 쳤고, 다른 돼지들은 공포에 꼼짝도 못하거나 아예 죽어서 그냥 누워 있었다. 마을 밖 여기저기에선 세계의 여느 지역에서처럼 여자들이 구부정하게 몸을 굽혀 작은 낫으로 길가의 잡초를 다듬고 있었다. 또한 건물들이 지어지고 있는 것도 많이 보였고, 대나무로 만든 공사장 비계飛階 – 공사 시공상 설치하는 가설물의 일종으로 작업 바닥이나 작업원 통로로 사용한다. – 위, 혹은 반쯤 완성된 빌딩의 지붕 위에서 손 흔드는 사람들을 지나쳤다.

원산에서 북쪽으로 바로 나간 곳이 점심 식사 장소였고, 다시 다른 지역으로 넘어갈 시간이었다. 곧 닛산 사파리는 우리를 떠나겠지만 슬프지 않았다. 깃발, 호루라기, 메가폰 등으로 완전 무장한 크고 까만 벤츠가 그 자리를 대신할 테니 말이다. 그리고 그 벤츠는 강원도를 통과할 때 우리가 가는 길을 열심히 터 줄 것이었다. 우리는 전술의 흥미로운 변화를 볼 수 있었다. 벤츠는 모든 접근하는 차량들이 도로 경계석 쪽으로 방향을 확 바꿀 수밖에 없을 때까지 밀어 붙이는 목적을 관철시켰다. 벤츠 운전기사는 두려움을 모르는 사내였다. 그는 버스나 화물차 뿐만 아니라 번쩍번쩍 빛나는 SUV를 탄 육군 장성에게도 매우 공격적이었다.

카메라 압수자와
휴전하다

개러스는 오후 중반에 휴식을 위해 멈췄을 때쯤 이미 고군분투하고 있었다. 덥고, 숨이 턱턱 막히기까지 했다. 게다가 우리는 기분 좋은 항구 도시 원산에서 점심을 배 터지게 먹기도 했다. 그는 여전히 속이 안 좋았고 조의 마지막 숨겨 놓은 휴지까지 갈취해서 숲속으로 재빨리 발걸음을 향했다.

뱃속이 여전히 고통스러운 경련으로 뒤틀리고 있는 개러스가 돌아왔다. 그가 로저에게 우리의 카메라를 넘길 것을 요구하며 집요하게 우리 옆을 따라 걷는 동안, 그 뒤에서 이유 없이 맴돌고 있는 미스터 황과 미스터 백을 발견했다.

"무슨 일이야?" 개러스는 돌아와서 물었다.

"로저가 싸우려고 해" 조가 대답했다.

"브랜든이 바이크 뒤에 숨어서 연기 나는 트럭을 찍었거든."

"망할 브랜든." 개러스가 중얼거렸다.

"이제 카메라 주세요." 로저가 화난 목소리로 말하며 조에게 위압적으로 손을 내밀었다.

"우리를 빌어먹을 학생들처럼 대하지 좀 마." 개러스가 버럭 화를 내며 말했다. "네가 뭔데 그래?"

"지적을 받았잖아요." 로저가 대답했다. "같은 지적을 반복해서. 수차례 얘기해 왔고요. 카메라는 이제 치워 주셔야 해요."

"브랜든이 불문율을 어겼다고 해서 모든 사람의 카메라를 가져가는 게 어디 있나?"

"그들이 전부 다 달래요. 사진 촬영은 더 이상 없습니다."

"좀 명확히 할 필요가 있겠어." 개러스가 말했다. "우리가 찍거나 촬영할 수 있는 것은 무엇인지, 또 못 하는 것은 무엇인지 확실하게 좀 알려줘. 그 빌어먹을 규칙이 뭔지도 모르는데 우리 보고 규칙을 어겼다고 탓할 수는 없잖아."

"우리 회의해요." 로저가 말했다. "오늘 밤에."

우리가 그날 머무를 곳은 금강산, 또는 다이아몬드 산이라고 하는 한반도에서 가장 아름다운 장소 중 하나였다. 산 자체가 2,800미터의 화강암 암벽으로 계절에 따라 모습이 바뀐다고 한다. 따라서 '다이아몬드 산'이라는 이름은 이 산이 가지고 있는 수많은 이름들 중 하나일 뿐이란 뜻이다. 산의 낮은 경사면은 오랜 시간 바람, 물과 얼음에 노출되었기 때문에 여러 가지의 기괴한 모양으로 깎여 있었다. 이러한 이유로 금강산은 늘 관광 명소로 알려졌다. 북한이 남한에게 금강산과 그 일대를 특수 관광 지역으로의 운영을 가능하게 해 주던 시절이 있었다. 그래서 국외에서 심지어 남한에서도 이곳으로 여행 가는 것이 가능했었다. 이는 북한이 미국 달러를 벌어들일 수 있는 몇 안 되는 방법 중 하나가 될 것으로 생각되었다. 그러나 2008년에 58살의 한 남한 관광객이 길을 잃고 모래 언덕을 통해 군사 지역으로 들어갔다. 그리고 북한 사람들에 말에 의하면 그곳에서 당황한 그녀가 뛰어가다가 북한 보초병들에게 걸려서 총에 맞아 사망했다. 물론 이 사건으로 남과 북 사이는 다시금 무력을 내세운 긴장감이 고조되었고, 북한에서 남한이 개발한 리조트를 빼앗아 버리는 것으로 끝이 났다. 그 이후로 금강산은 전쟁에 의해 흩어지게 된 가족들 중 양쪽 정부에서 뽑은 사람들에 한해 주기적인 이산가족 상봉의 장소로 사용되었다.

확실히 아름다운 장소였다. 아침은 상쾌하고 맑았다. 우리는 가파른 절벽과 너도밤나무로 뒤덮인 계곡, 우리 발아래 있는 평평한 돌 위로 솟아오르는 시원하고 달콤한 공기를 마시며 맑고 청명한 개울을 따라 아름다운 폭포로 산책을 했다. 남한의 설악산 공원 풍경과 많이 닮은 느낌이었다. 하지만 브랜든과 조는 촬영을 할 수 없었다. 그들의 카메라를 아직 돌려받지 못했기 때문이었다. 전날 밤에 약속했던 회의는 하지 않았고, 아침에도 마찬가지로 아무런 말이 없었다. 우리를 둘러싼 평화롭고 고요한 자연에도 불구하고, 개러스는 전날 마신 소주가 덜 깼는지 곰처럼 이글거리는 눈빛을 쏘면서 로저의 이름을 나지막하게 중얼거렸다.

오후에도 – 여전히 카메라는 돌려받지 못한 채 – 산에 올라갈 수 있는 기회가 있었다. 토니와 개러스는 휴식을 취한 후 술집에서 긴급 대책 회의를 했지만, 나머지 사람들은 모두 들떠 있었다. 우리는 산책의 그 아름다움을 기록으로 남길 방도가 없었다.

산책은 생각보다 힘든 등반이었다. 산책로에는 편의를 위해 배치

된 철강 계단과 사다리가 설치돼 있었다. 데이브가 그룹에서 이탈하는 약간의 혼란이 있었다. 조는 별로 개의치 않았다. 그냥 그가 산책로 어딘가에서 나머지 사람들을 기다릴 것을 기대하고 있었기 때문이었다. 하지만 그들이 정상에 도달했을 때까지도 그의 흔적을 찾을 수 없어서 다들 걱정했다. 하지만 그들은 데이브를 산 밑 주차장에서 만날 수 있었다. 그 산책로는 순환 산책로였던 것이다.

산책에 나섰던 사람들이 7시쯤 호텔로 돌아왔고, 조는 호텔 술집으로 향했다. 개러스와 토니는 이야기를 나누며 손을 휘젓고 있었

산책로까지 가는 길에선
그저 아름답다는
표현 밖에는 할 수 없었다.

고, 반쯤 마신 진Gin 한 병이 그들 사이에 놓여 있었다. 뭔가 음모를 꾸미는 듯한 냄새가 났다. 그리고 그 냄새는 금강산 공원 안에 있는 근사한 레스토랑에서 저녁 식사를 하는 내내 없어지지 않았다. 조는 로저의 이름이 여러 번 불리는 것을 듣고 좋아했다. 그녀는 개러스의 콧수염이 곤두서는 의미를 정확히 알고 있었다.

로저가 자신의 생존 본능을 연마한 군인 출신이라는 사실이 자명해졌다. 그는 오전 7시 아침 식사 자리에서 미스터 황과의 만남이 있을 거라고 개러스에게 알렸다. 그리고 조와 브랜든도 함께 참석해야 한다고 했다.

개러스는 당장이라도 싸울 기세로 들어왔다. 카메라들은 테이블 위에 있었고 로저는 그들 쪽으로 카메라들을 밀었다.

"사과하고 싶습니다. 당신들은 카메라를 다시 소지할 수 있습니다." 미스터 황은 로저가 먼저 말을 꺼내도록 양보했다.

"아, 그렇군." 개러스가 말했다. "그리고 로저, 자네는? 우리한테 까칠하게 굴었던 것에 대해 사과할 텐가?"

로저는 얼굴이 화끈거렸다.

"그리고 어제 조에게 카메라를 돌려받을 수 있을 거라 말하지 않았나. 그러니까 결국 우리 문제의 원인은 당신들이 어떤 것이 촬영 가능하고, 어떤 것이 불가능한지 명확한 지침을 주지 않은 데 있다는 말이야."

"규칙은 군사적인 것과 북한을 수치스럽게 만들 수 있는 어떤 것도 찍으면 안 된다는 것입니다." 로저가 대답했다.

"그건 우리도 아네." 개러스가 말했다. "그리고 우리 중 그 누구도 규칙을 깰 의도도 없단 말이야. 하지만 저들은 어떠한 이유나 설명도 없이 마구 간섭하고 중단하라고 말하는 것 같네. 그리고 로저, 저들은 자네와 자네의 카메라에 적용하는 규칙과 우리에게 적용하는 규칙은 완전히 다른 것 같네. 이봐, 여기서 문제는 우리는 그런 제멋대로인 독재에 익숙하지 않다는 거네. 우리는 그런 독재에 휘둘리고 있지는 않을 걸세."

미스터 황은 이해했고 굳은 미소로 응답했다. 로저는 얼굴이 새빨개졌지만, 서로의 차이점을 인정했다. 우리는 카메라를 돌려받았다. 우리는 규칙을 알고 있고, 그들은 우리가 그들의 변덕스러운 권력 행사를 그냥 보고만 있지 않을 것을 알고 있었다. 그것은 한국 전쟁 정전 협정의 최고 전통인 휴전이었다. 이제 다 잊고 다음으로 넘어가야 할 때였다.

평양에
들어서다

여러모로 개러스는 이제 현실을 직시할 수 있을 것 같았다. 우리가 원산으로 돌아가는 길에 검은색 벤츠는 불합리하게 – 좀 더 솔직히 말하자면 – 냉담하게 호위 임무를 수행했다. 벤츠는 아무 오토바이나 골라서 그 옆으로 끼어들어 달렸다. 그 좁은 길에서 오토바이는 벤츠에 밀려 포장된 도로에서 벗어나 경사진 자갈밭으로 달릴 수밖에 없었다. 닭과 오리 그리고 염소들이 놀라며 달아났고, 농부들은 그들의 생계가 달린 짐승들이 저 넓고 푸른 들판으로 도망가는 것을 쫓아가야만 했다. 자전거를 타고 가는 사람들은 자포자기로 넘어졌고, 그 후로 어떻게 되었는지 알 수 없었다. 벤츠에 탄 호위대들은 우리가 주민들에게 손 흔드는 것을 좋아한다는 것을 알아차렸다. 그리고 확성기를 통해 들리는 고함은 다음과 같은 효과가 있는 말들인 것 같았다.

"거기 동무! 웃으시오! 손 흔드시오!"

심지어는 우리가 코너를 돌아 주민들의 시야에 들어가기도 전에 사람들은 바보같이 딱딱하게 웃으며 어깨 관절이 빠질 때까지 손을 흔들어 댔다. 개러스는 한 여자에게 자전거를 놓고 손을 흔들라고 고함치는 교통경찰을 보기도 했다.

이 모든 것들이 점점 혐오스럽게 느껴지기 시작했다. 이 우아하고 정중한 호스트들은 우리에게 실제와 전혀 다른 모습을 보이느라 최선을 다해 왔지만, 결국 협박과 괴롭힘의 문화는 명령과 제어를 기반으로 한 사회를 특징짓는 것이었다. 우리는 여기서 그 진면목을 다 볼 수 있었다.

우리는 원산에서 서쪽으로 방향을 틀어 '국가의 중추'인 백두대간으로 올라가기 시작했다. 산들은 매우 인상적이었다. 산 사이로 들어서니 정치색과 관계없이 이 산이 왜 모든 한국인들에게 특별한지를 진정 느낄 수 있었다. 길은 몇 개의 터널들을 통해 이어져 있었고, 그중 딱 하나에만 ─ 길이가 최소 2마일은 되었을 것이다. ─ 불이 켜져 있었다. 다른 곳들은 칠흑처럼 깜깜해서 진입하기 전에 멈춰서서 선글라스를 벗어야만 했다. 산에서 내려오자 우리는 한반도의 전체 너비를 가로지르는 콘크리트 고속도로 위에 있었다. 토니는 이 고속도로를 '복종의 고속도로'라고 이름 붙였고, 모두가 웃으며 좋아했다. 멀어지는 산들의 뒤로는 2012년 방문했을 당시에는 공사

그 유명한 김일성 광장에 들어서자 북한 공영 방송국의 카메라가 돌아가기 시작했다.

중이었던 건물이 보였다. 평양의 첫 광경은 하늘 가득 치솟아 있는 류경 호텔의 날카롭고 친숙한 실루엣이었다. 그 호텔은 마치 건축가가 냅킨을 종이접기 해서 파란 유리로 마무리한 것처럼 생겼다. 아마도 완공된 지 얼마 되지 않았으리라. 우리가 시내에 가까워질수록 교통량은 점점 늘어났고, 우리 호위대는 위풍당당하게 평양에 입성하기 위해 차량과 오토바이 대형을 가까이 좁혔다.

TV 제작자들은 모두 준비돼 있었고, 통일문 - 나부끼는 한복을 입은 두 자매를 묘사한 우뚝 솟은 구조물로 서로를 향해 몸을 기울여 함께 한반도의 지도가 있는 원반을 높이 들고 있다. - 아래를 지나가는 우리의 사진을 찍기 위해 카메라를 설치했다. 통일문은 김일성에 의해 발전된 통일에 대한 제안들을 기념하기 위해 2001년에 건립되었다. 한국의 위기에 대한 한 가지 재미있는 사실은 남과 북, 둘 다 자주 통일을 가장 염원한다고 선언한다는 것이다. - 남한에는 통일부도 있다. - 하지만 모두가 자신의 조건에 맞는 통일을 원하고 있었다. 잘들 해 보시길! 우리 모두는 통일문의 이미지가 새겨져 있는 작은 파란색 배지를 받았다. 그런 다음 이 도시의 상징적이고 인상적인 장소들을 순방했다.

북한의 군사 퍼레이드와 함께 광대한 규모와 복잡한 안무의 매스 게임을 하는 장소, 김일성 광장이었다. 우리의 호텔 해방산은 바로 한 블록 정도 떨어져 있다고 했다. 미스터 황과 미스터 백은 밀린 업무를 처리하기 위해 그들의 사무실로 떠났고, 운전기사들과 수행단은 당연한 보답으로 휴가 받아 사실상 모두 귀가했다. 긴장을 풀기 위해 우리끼리만 남겨졌다. 아무런 사고 없이, 불복종 때문에 총에 맞는 일 없이 평양에 도착했다는 사실을 자축했다. 천편일률적인 북한을 풍자한 만화만 보고 북한을 상상했던 우리에게 그러한 북한에 대한 묘사가 그저 약간 과장한 정도가 아니었음을 깨달았다.

버드나무
수도

왕조 시대 때 이곳의 중요성은 남북한 사람들 사이에서 논쟁거리가 되고 있긴 하지만, 고대 때부터 지금 평양이 있는 곳에는 항상 사람들이 터를 잡고 살고 있었다. – '평양'이라는 이름은 '평지' 또는 '평화로운 땅'을 의미한다고 한다. – 평양 땅은 수차례의 흥망성쇠를 겪었다. 일본, 만주, 다시 일본 그리고 가장 최근에는 자유세계의 힘, 즉 유엔에 의한 변화였다. 가장 최근의 변화는 한국 전쟁의 총격 단계가 막 지난 후 이루어진 주로 소련의 원조에 의한 투자였다. 그리고 그 결과는 아주 인상적이라고 말할 수밖에 없다. 합리적인 계획에 따라 펼쳐진 파리와 브라질리아의 일부 현대 건축물의 특징을 상상한다면 감이 잡힐 것이다. 경쾌하게 열린 공간과 나무들 특히 버드나무가 풍성하게 드리워져 있었다. 류경 호텔은 평양이 고대에 갖고 있던 이름들 중 하나인 '류경,' 즉 '버드나무 수도'로 정해졌다.

다음 날 우리가 마을을 벗어날 때 다소 시끄럽게 고함을 질러대는 호위대가 공원과 기념물들을 도는 순방길로 우리를 이끌었다. 거리는 잘 차려입은 사람들로 가득했다. 여성들은 아름다운 한복을 입고 파라솔을 들고 있었다. 그날은 김일성 광장에서 축하 행사가 있는 날이었다. 군인이 최우선으로 그리고 최고로 국가 포상금을 받는다는 '선군先軍' 정책 35주년을 축하하고 있었다. 우리는 억지 미소를 짓고 있어야만 했다. 하지만 이 행사는 북한이 여전히 전시 상황이며 순식간에 전쟁 방어 태세를 취할 수 있다는 것을 보여 주었다. 그들은 군인으로서의 역할 뿐만 아니라 매우 조직적으로 훈련된 노동 인력으로, 주변에서 일어나는 일들을 관할하는 것에 막대한 역할을 한다. 어디에도 북한처럼 외국 자본 유입 없이 순전히 자력에 의해 그 많은 것을 달성한 국가는 없다. 그리고 선전용 포스터와 선동적인 구호는 지금도 북한 주민들을 압박하고 있다.

우리는 우정전시관을 구경하기 위해 묘향산 신비로운 향기라는 뜻 북쪽으로 150킬로미터를 달렸다. 우정전시관은 영국의 여왕처럼 조선민주주의인민공화국의 지도자가 몇 년간 다른 나라의 지도자들로부터 받은 다양한 선물들을 전시해 놓은 곳이다. 소장품은 방대했고, 기괴한 물건들의 구성이었는데 이들은 총 150실을 채우고 있었다. 기증자의 목록은 더 이상했다. 기본적으로 지난 50년간 세계 역

북한 사람들은 그들의 영광스러운 지도자가
세계적으로 참으로 많은 존경과 사랑을
받았다고 믿을지는 모르겠다.

사 속의 폭군과 독재자였던 스탈린, 모택동, 티토 등의 이름들이 이 곳에 있었다. 스탈린은 국민들에게 존경과 사랑을 받는 지도자들의 필수 액세서리인 방탄 리무진을, 모택동은 장갑 철도 화물 기차를, 김일성을 롤 모델로 한 유일한 세계 지도자로 역사에 길이 남을 루마니아의 차우셰스쿠는 곰의 머리를 김일성에게 선물로 주었다. 리비아의 무아마르 카다피, 팔레스타인 해방 단체PLO's 야세르 아라파트, 시리아의 바샤르 알 아사드 그들 모두 이곳에 있었다. 또한 블라디미르 푸틴은 바실리예브스키 아일랜드 포인트의 그림을 선물했으며 피델 카스트로는 악어가죽 가방, 니카라과의 산디니스타 반군들은 뒷발로 서서 앞발로 음료수 쟁반을 쥐고 아무나 흉내낼 수 없는 악어의 웃음을 짓고 있는 조잡한 박제 악어를 각각 선물했다. 아프리카 전체주의자들의 선물들은 아프리카 코끼리의 멸종을 막으려는 환경 단체를 단번에 체념시킬 수 있을 만큼의 수많은 상아들로 만들어져 있었다.

독재와 전체주의가 아닌 국가의 경우에는 북한에 그다지 관대하지 않다는 것을 확연하게 알 수 있었다. 예를 들자면 전 미국 국무 장관 매들린 올브라이트가 한 선물은 마이클 조던의 사인볼이었다. 위대한 후계자 김정은은 NBA의 골수팬이다. 뉴질랜드를 포함한 우정회에서 보낸 상처가 난 몇 개의 싸구려 보석류들도 있었다. 사실상 자유세계의 지도자들로부터는 선물을 받은 게 거의 없었기에 이는 매우 비교되었다.

우리는 신발을 벗고 김일성과 김정일의 초상화에 나아가 허리를 굽혀 인사했다. 깊은 존경심을 표하려고 매우 열심히 노력하는 예쁜 한국어 안내원 아가씨 뒤를 따라서 전시회장 주변을 걸어 다녔다. 2012년의 방문으로 인해 더 이상 새로울 것이 없었던 우리들은 그냥 힘만 들 뿐 소장품은 별로 재미없었다. 우리는 곧 관심 있게 관람하는 척하는 방법을 터득했다. 전 세계가 그녀의 국가에게 보내온 선물들 대신, 그것을 매우 자랑스럽게 여기는 우리 안내원의 자부심을 집중해서 보면 되었다.

우정전시관을 견학한 후 개러스는 한 신문 기자에게 붙잡혔다.

"무엇이 위대한 지도자를 만든다고 생각합니까?"

"지도자는 이타적이어야 합니다." 개러스가 대답했다. "그리고 사람들을 먼저 생각해야 합니다. 지도자는 시간이 지날수록 사람들의 염원이 높아지는 것을 인지해야 하고, 그리고 그런 염원들을 실현하는 것을 목표로 해야 합니다. 시간은 멈춰서 기다리지 않습니다. 사람들의 합리적인 기대 또한 위대한 지도자가 존중하고 이행하려고 노력해야 하는 목표입니다." 다들 미소를 지으며 고개를 끄덕였다. "휴, 나는 운명을 거슬렀나 보다. 난 외교관이 되었어야 했는데…."라고 개러스는 생각했다.

그들은 우리를 청천 호텔로 데려갔다. 작고 오래된 전통적인 파고다 지붕을 올린 건물이었다. 체크인 절차 중 하나는 방에 뜨거운 물이 언제 나오길 원하는지 관리자에게 말하는 것이었다, 그렇지 않으면 저녁 식사 전 오후 7시부터 1시간 동안만 나온다. 소주를 함께한 늦은 점심 식사에서 회복하려고 침대를 찾았더니 전형적인 한국식 딱딱한 침대였다. 서양식 푹신푹신한 침구가 없는 남한의 모텔에서 많은 밤을 지냈었기에 별로 개의치 않았다.

우리는 폭우를 대비해 강이 넘치는 것을 막기 위해 흙막이 벽^{옹벽}을 건설하는 근처의 현장을 왔다 갔다 하는 주민들을 구경하며 남은 오후를 보냈다. 황소가 끄는 수레를 운전하는 사람들, 직접 도구와 장비를 어깨에 이고 운반하거나 외바퀴 손수레를 밀고 있는 남녀들을 보았다. 우리가 호텔 벽에 앉아 있으니 그들은 우리에게 관심을 보였다. 모두가 상당히 외향적이고 활발한 것 같았다. 그들은 걸어 다니며 노래를 하거나 휘파람을 불었고, 다른 이들은 신나게 수다를 떨며 시간을 보냈다. 대부분은 우리가 그들을 쳐다보는 것을 즐기는 듯했다. 하루 일이 끝나자 그들은 노동을 마치고 집으로 향하기 시작했다. 일부는 서로 어깨동무를 하고 농담을 주고받았다. 그냥 놀고 있는 것이었다. 다른 이들은 한시바삐 자신의 가족이 있는 집에 가기를 원했다. 우리는 부족한 한국어로 그들이 잘되기를 진심으로 바랐다. 정말 즐거운 시간이었다. 여느 개발도상국에서처럼 이곳 사람들은 우리를 받아들였고, 우리와 교감했다.

저녁이 되었고 우리는 저녁 식사를 위해 호텔 부지에 있는 식당으로 휘적휘적 걸어갔다.

"식당 뒤에서 개들이 여럿 짖는데, 조?" 데이브가 귀를 쫑긋 세우며 말했다.

"데이브, 바보처럼 굴지 마." 조가 대꾸했다.

소주와 맛있는 불고기가 계속해서 차려졌다. 조는 미스터 황과 꽤 솔직한 대화를 했다. 그는 북한 사람들이 공산주의의 종말에 대해 자주 이야기한다고 알려 줬다. 그리고 그러한 전망에 대해 그들이 가장 먼저 느끼는 감정은 공산주의가 제공하는 보안을 잃는 것에 대한 두려움이었다. 조는 우리가 북한에서 북한 주민들과 즐거운 시간을 보내고 있지만 움직이고, 말하고, 함께 모일 수 있는 자유가 보장되는 사회의 구성원으로서 볼 때 너무나 명백히 보이는 북한 국민의 공포는 당황스럽다고 대답했다.

이 밤의 마무리를 위해 손을 들어 올리며 데이브가 말했다.

"들어 봐. 지금은 그렇게 개들이 짖지 않네." 그의 말이 맞았다.

그러나 대답을 하자면 그렇다 우리 중 실제로 지난번 남한에서 인간의 가장 좋은 친구인 개를 먹은 사람이 있었다. 나쁘지 않았다! 개 러스는 즉시 북한의 고양이에 대해 물었다. 그는 뉴질랜드에서 애완고양이들을 뉴질랜드의 토종 동물을 괴롭히고 파괴하는 유해한 동물로 지정하자는 공공 캠페인을 주도했다. 우리가 북한에 도착한 이래 그는 고양이를 본 적이 거의 없었다. 그래서 북한 사람들이 고양이를 먹는지 궁금했었다.

"뭐야. 지금 살아 있는 고양이 수출을 생각하고 있는 건가?" 토니가 물었다. 그는 자신의 기업가적 본능으로 개러스의 생각이 어디로

'백두의 혁명 정신'은 북한의 체제 선전에 등장하는 문구이다.

흘러가고 있는지 바로 알아볼 수 있었다.

하지만 대답은 '아니'였다. 북한 사람들은 고양이를 먹지 않는다고 했다. 또한 그들은 고양이를 애완동물로 키우지도 않는다고 했다. 고양이는 개처럼 충성스럽지 않기 때문이다. 그 정도에서 대화는 끝났고, 아무도 테이블의 중앙에 먹음직스러운 냄새를 풍기는 마지막 고기 스트립을 먹으려고 하지 않았다.

나무들 사이로 가로지르며 돌아오는 길에 우리는 아름다운 곡조에 맞춰 부르는 오페라 음악을 들었다. 여성 극단에 의한 이 즉석 콘서트는 벤의 헤드라이트 빛을 조명으로 호텔 주차장에서 열리고 있었다. 가수들이 민요를 순서대로 노래할 때 다른 이들은 가락에 맞추어 우아하게 춤을 추었고, 피아노 아코디언으로 반주를 했다. 그들은 – 아코디언 연주자, 가수와 댄서 – 모두 정말 재능이 있었다. 우리가 그날 오후 일찍이 앉아 있던 이 호텔의 벽 위에는 이 공연을 즐기려는 마을 사람들이 앉아 있었다. 이 얼마나 근사하게 하루를 마치는 방법인가.

평양 댄서들의
공연을 관람하다

          평양으로 가는 고속도로 길은 한결 느긋했다. 육군 차량을 제외한 그 지역 차량에게는 도로를 허가하지 않았다. 그래서 우리가 묘향산을 들러 평양에 접근할 때까지 호위 차량은 별로 할 일이 없었다. 매 시간 정기적인 길가 휴식 시간에 TV 제작자는 우리들에게 여행 소감을 인터뷰했다. 제작자가 다량의 화면을 확보하면 우리에게도 나쁠 것이 없었다. 우리가 소유하고 있는 더 돌발적이고, 심지어 은밀한 영상들은 보충하는 데 쓰면 좋을 것이다.

  여행 후반기에 와서도 우리가 받는 질문들은 거의 비슷했다. 북한과 북한의 시골 그리고 북한 사람들을 어떻게 보십니까? 해외에서는 북한 사람들을 어떻게 본다고 생각하십니까? 당신들 친구들에게 이곳이 좋은 곳이라고 말씀하시겠습니까? 이러한 질문들은 다 국가가 확신이 없기 때문에 외국인들이 북한을 좋아한다고 국민들에게 안심시켜 줄 필요가 있는 것이었다. 그들이 견뎌 온 제재와 긴 고립에 대해 생각해 보면 전혀 놀라운 일도 아니지만 우리에겐 비극적으로 느껴졌다. 외부에서 볼 때 핵 보유를 위한 정권의 돈키호테 식의 추구는 어이없지만 북한은 지금까지도 미국 주도하의 침략에 대한 두려움에 살고 있음을 기억해야 한다. 그러나 이 정권은 세계 어딘가 그들과 그들의 나라를 좋아하는 사람들이 있다고 북한 주민들을 설득해야 하는 고통을 겪고 있었다. 물론 우리는 북한 사람들을 좋아한다. 북한 사람들은 세상 어느 곳에나 있는 사람들과 다를 바 없다. 그리고 그들 대부분은 정말 유쾌한 사람들이다. 하지만 이 정권은 별개의 문제이다. 리더십을 지키는 것 외에는 아무 관심이 없는 전체주의 국가를 좋아하기는 힘든 일이다.

우리는 다른 기념물 및 경기장들과 웅장한 공공건물들을 지나쳐서 지난번과는 약간 다른 경로로 평양에 들어왔다. 다시 한 번 그 건물들로 인해 감동을 받았다. 점심 식사 후 김일성 광장의 그 상징적 배경에서 일련의 인터뷰를 위해 그곳으로 향했다. 브랜든은 동영상을 찍었고, 조는 음향을 담당했으며 토니는 용감무쌍한 리포터였다. 그는 개러스에게 북한의 경제와 정치 상황에 대한 그의 견해와 한반도의 위기를 해결하기 위한 전망에 대해 물었다. 바람이 불어서 잡음도 녹음되었다. 오후 중반 즈음 우리는 군중을 뚫고 대동강 유역으로 걸어갔고, 날씨는 지독하게 더웠다.

그 광장과 1982년에 건립된 마르크스 레닌주의의 영향을 받은 김일성의 특이한 주체사상을 기리는 170미터의 기념비 사이 강줄기에서 노인들이 낚시를 즐기고 있었다. 그들은 고기가 미끼를 물면 소리를 내는 종 같은 여러 가지 가벼운 장비들을 사용하고 있었다. 강 산책로 옆에 있는 그늘에는 먹고 이야기하고 혹은 그날 늦게 시작하는 집단 매스 게임 연습을 기다리며 노래하는 주민들로 가득했다. 정말 멋지고 느긋하며 세련된 도시의 장면이었다. 조와 브랜든은 노래하고 박수 치는 사람들과 함께 춤을 추었다. 모두가 놀라움에 웃으며 즐거워했다. 조는 그녀의 기초적인 한국어를 테스트해 보려고 했고, 일부 젊은이들도 영어를 연습할 기회를 놓치지 않고 우리에게 말을 걸었다.

개러스는 문을 노크하는 소리에 낮잠에서 깼다. 미스터 황이었다. 그는 개러스에게 SIM 카드를 건네주었다. 개러스는 휴대전화에 SIM 카드를 장착하고, 바로 뉴질랜드에 있는 그의 개인 비서인 마가렛에게 전화를 걸었다. 뉴질랜드로 전화하려면 분당 약 6달러가 들었지만, 해야만 하는 일이었다. 남한으로 들어가려는 우리의 계획들이 일정에 맞게 진행되고 있는지 알아야 할 필요가 있었기 때문이었다. 웰링턴은 저녁 8시 30분이었고, 좋은 소식을 들을 수 있었다. 마가렛은 여러 가지 어려움이 있었지만 결국 모든 것이 다 잘 풀렸다고 했다. 웰링턴 대한민국 대사관의 심 참사관은 우리가 목요일 오후 4시에서 5시 사이에 DMZ를 통과할 때와 맞춰서 모든 계획이 차질 없이 진행될 것이라고 했다. 개러스는 그녀에게 해당 이메일을 복사해서 미스터 황에게도 보내라고 지시했다. 미스터 황은 남한에서 북측에게 아무런 연락도 하지 않은 것 같다고 했기 때문이었다.

모터사이클 탐험을 위한 짐을 챙길 때 오페라를 관람할 것을 생각하며 옷을 챙기는 일은 없을 것이다. 우리는 미리 경고 비슷한 것을 받았지만 브랜든, 데이브와 토니는 전혀 예상하지 못했던 일이었다. 개러스는 재킷을 입고, 심지어 나비넥타이까지 착용했다. 조는 드레스를 입고 모조 진주 목걸이를 했다. 남자들은 가능한 잘 씻고 오는 것으로 타협하기로 했다. 오토바이 여행에 칼라 있는 셔츠는 무리가 있었기에 말끔하게 차려입고 나타난 북측 호스트들에 비해 우리는 여전히 아주 잡다한 무리들로 보였을 것이다. 그들은 어두운 색 정장에 작은 빨간 배지, 흰색 셔츠, 광이 나는 신발, 정돈된 머리 또한 수염은 흔적도 없는 등 완벽했지만 친절하게도 우리 사정을 참작해 주었다.

미스터 황과 미스터 백은 저녁 7시에 우리 방 문 앞에 있었다. 우리는 바이크에 올라탔고 평상시처럼 사이렌의 불협화음에 에워싸여 호텔을 떠났다. 시내에는 잔뜩 차려 입고 나온 사람들로 가득했다. 무슨 행사라도 있는 모양이었다. 그들은 매우 중요한 저명인사를 위해 길을 트는 데는 익숙했지만 우리 모터사이클 그룹의 행렬을 보고는 입을 다물지 못할 정도로 놀랐다. 우리는 한 줄로 줄지어 별

다른 어려움 없이 도시를 통과해서 평양에 위치한 두 개의 거대한 스포츠 이벤트 경기장 중 하나인 메이데이 경기장으로 향했다. 그곳은 대동강 옆에 자리 잡고 있는 높이 솟은 반원형의 아치들로 이루어진 거대한 건물로 멀리서 보면 마치 맥주병 뚜껑처럼 생겼다.

개러스는 그가 지분을 소유하고 있는 프로 축구팀인 웰링턴 피닉스를 평양으로 데려온다는 계획을 이미 세우고 있었다. 미스터 황이 말하길 만약 그렇게 된다면 피닉스는 여기서 조금만 내려가면 있는 5만 석 규모의 김일성 경기장에서 경기를 할 것 같다고 했다. 메이데이 경기장에는 십오만 석이 있지만 말이다. 개러스는 피닉스와 북한, 남한, 중국 네 팀이 돌아가며 겨루는 토너먼트를 꿈꾸고 있지만, 그것을 가능하게 하려면 국제 관계에서 외교적인 수완이 꽤 필요할 것이다. 몇 년 전에 남북한 사이의 월드컵 예선전을 북한에서 하려고 계획된 적이 있었다. 하지만 양쪽 상황에 의해 다른 곳으로 장소가 변경되었다. 그 이유는 북측이 김일성 경기장에서 남한의 애국가가 울려 퍼지거나 국기가 올라가는 것을 원치 않았기 때문이었다.

메이데이 경기장 주변의 주차장은 공연하기 전 최종 연습을 하는 학생들의 그룹으로 가득 차 있었다. 그들은 이 90분의 쇼를 위해 거의 매일 연습해야 하는 일정을 따라야 한다고 했다. 쉽게 예상할 수 있듯이 군중의 대부분은 북한 사람이었다. 하지만 간혹 외국인 관광객들이 그들 사이에 끼어 있었다. 우리의 자리로 가는 동안에 세계 각국의 언어를 들은 것 같았다.

매스게임과 예술 공연은 북한 연중 행사에서 가장 중요한 항목 중 하나이다.

우리의 좌석은 스탠드 반대편과 경기장의 웅장한 경관이 한눈에 보이는 매우 좋은 위치에 있었다. 경기장은 워밍업을 하고 있는 3만 여 명의 어린 학생들로 가득 차 있었는데, 그들은 집단으로 움직여서 그들 스스로가 거대한 평면 디스플레이로 변하는 매스 게임 연습을 하는 중이었다. 모두가 자신의 앞에 커다란 색깔 카드 책을 들고 있었고 그 책들은 빈틈없이 나란히 줄지어서 전체를 하나의 그림으로 형상화했다. 신호를 받으면 모두가 페이지를 넘겼고 그러면 그림이 바뀌었다. 비록 상대적으로 낮은 정밀도와 그다지 빠르지 않은 새로고침일지라도, 거대한 경기장에서 다시보기 화면을 보는 것 같았다. 정말 멋진 광경이었다. 그리고 그것은 단지 중요 무대의 서곡이었을 뿐이었다.

매스 게임 자체를 묘사하기는 어렵다. 집단으로 스테로이드 주사를 맞은 선수들이 올림픽 개막식 행사를 한다면 비슷할지도 모르겠다. 댄서들과 체조 선수들은 집단으로 일사 분란하게 움직이는 안무를 오류 하나 없이 깔끔하게 해냈고, 그 안무에는 모든 연령대가 참여했다. 주제는 국가에 대한 이야기였고, 당연하겠지만 일본 점령에 반대하는 김일성의 캠페인으로 시작했다. 쇼의 나머지는 대부분 무료 교육, 연구, 그리고 현대 조선민주주의인민공화국의 농업, 원예, 양식 등의 투자를 통한 경제 발전과 같은 여러 가지 주제들을 찬양했다. 예를 들어 경이롭게 연출된 공연은 댄스와 체조가 혼합되어서 '북한 노동자들의 공동의 노력'과 '인민 재무부의 선행을 통해 실현

된 우수한 종자 개량에 대한 인민의 비전 승리'를 묘사했다. 그리고 그 뒤는 마이클 잭슨이 울고 갈 정도로 엄청난 에너지를 발산하는 춤의 향연으로 이어졌는데, 그 춤은 어떻게 북한 과학의 이데올로기적 통찰력이 잉어의 번식력에 대한 자연적 제약을 이겨 냈는지를 그리고 있었다.

카드에서 움직이는 글자들은 '무지의 힘과 제국주의를 맹목적으로 추종하는 것에 반대하는 어린이 글 읽기 행진'이 아닌 한국 민요인 아리랑 연주였다. 다양한 버전으로 존재하는 이 노래는 한 쌍의 불운한 연인에 대한 이야기로 남과 북, 양쪽에서 불려진다. 이 노래는 사실상 애국가 대신 부르기도 하며 한국을 단결시키는 역할도 한다. 공연은 조선민주주의인민공화국의 위대한 두 친구인 중국과 러시아를 기리며 마무리되었다.

처음부터 끝까지 사람들의 넋을 빼놓는 대단한 광경이었다. 다만 계속해서 우리의 일거수일투족을 찍어 대던 우리 좌석 앞줄에 있던 TV 카메라의 밝은 흰색 조명 때문에 감동이 약간 반감되었다.

그날 밤 평양을 거쳐 호텔로 돌아오는 길은 인위적인 조명등이 비춘 건물과 기념물들로 완전히 새로운 경험을 할 수 있었다. 350만의 이 도시는 내륙 농촌 지역의 원시적인 조건에도 불구하고 열심히 일하는 일반 북한 주민들의 노동의 열매로 번창하고 있었다. 그래서 깊은 인상을 받지 않을 수 없었으며 북한이 이러한 자부심을 가지고 있는 이유를 쉽게 이해할 수 있었다.

조는 딱딱한 침대에 쉽게 몸을 맡길 수 없었다. 왜냐하면 그녀의 엉덩이는 멍이 든 상태였고, 러시아에서 부상을 당해 아직 욱신거리는 다리의 잔류 혈전 가능성이 걱정되었기 때문이었다. 그녀는 일어나서 러시아에서 가져온 즉석식품인 으깬 감자를 만들었다. 개러스가 조용히 코를 골고 있을 때 그녀는 앉아서 감자를 먹으며 아직도 부어 있는 다리에 붕대를 다시 감았다. 평양의 불빛이 창 아래로 빛나고 있었다.

다음 날 우리는 김일성의 공식 생가인 만경대를 방문했다. 2012년에도 방문했었지만 그때는 다른 사람들과 왔었다. 이번에 북한의 소박한 전통 농촌 한옥 단지를 통과할 때는 각계각층의 세련된 옷을 입은 고위 관리들에게 둘러싸여 있었기에 마치 공식적인 행렬처럼 느껴졌다. 한 예쁜 젊은 아가씨가 조의 손을 잡고 흥미 있는 곳으로 데리고 다니며 안내원 역할을 했다.

아침부터 창 아래에서 들려오는 리듬 있는 소리 때문에 잠을 제대로 못 잤기 때문에 하품을 참느라 힘들었다. 그 소음의 정체가 농구공을 튕기는 소리라는 것을 확인하는 데까지는 시간이 좀 걸렸다. 위대한 후계자의 농구에 대한 열정과 최근 세간의 이목을 끌었던 데니스 로드먼의 방문으로 농구 열풍이 이 땅을 휩쓸고 있었다. 그래서인지 농구 골대는 사방 천지에 깔려 있는 듯했다.

개러스가 조선 중앙 통신과 인터뷰를 하고, 나머지 바이커들은 그들이 갖고 있는 옷 중 제일 좋은 외출복을 입고 약간 불편하게 서 있었다. 개러스는 그가 긍정을 강조하는 능력을 가지고 있다는 것을 발견하고 있는 중이었다. 누가 알았겠는가? 그는 김일성이 상징하는 그 가치 - 자신의 동포들을 위해 더 나은 삶을 위한 노력과 겸손함 - 를 수단과 방법을 가리지 않고 다음 세대에 기억시켜야 함의 중요성에 대해 강조했다. 그는 백두산을 배경으로 한 삼지연, 비밀 캠프, 그날 아침 방문한 김일성 생가 이 모든 곳에서 느꼈던 우리의 경험들이 위대한 지도자의 비전을 그의 태생 만큼이나 효과적으로 기념한다고 생각했다. "우리가 지난밤에 본 아리랑 공연도 같은 것을 말합니다." 개러스가 말했다. "그것은 자부심과 공동의 목적의식을 불어 넣어 줍니다. 하지만 그 자부심과 목적의식은 모든 북한 사람들에게 해당됩니다. 우리는 이 백두한라 여행으로 전 세계에게 한반도는 5,000년의 역사를 갖고 있다는 것을 상기시키려고 합니다. 또한 한반도를 비롯한 전 세계 모두가 우리가 지금 하는 것, 즉 백두대간 종단이 어느 남북한 사람들에게나 허용되는 날을 위해 노력해야 한다는 것을 기억하길 원합니다."

그리고 거기서 개러스는 그것이 우리의 미션이라고 하며 마무리했다. "그 이상을 달성하기 위해 평화로운 전략이 필요하며 이로써 한반도가 분열한 채 서로 적대시하지 않고, 통합하여 다시 한 번 자랑스러운 때를 맞이할 수 있을 것입니다."

박수가 터져 나왔고, 더 많은 사람들이 미소를 지으며 고개를 끄덕이는 모습을 볼 수 있었다.

"바로 당신들이었군요. 우리를 들었다 놨다 한 사람들이.
환영합니다."

Part 4

남과 북은 DMZ를 사이에 두고 훈련한다

판문점 통과를
불허한다

        우리는 오후 3시에 다시 호텔로 돌아왔다. 미스터 황과 미스터 백은 내일 우리가 DMZ를 건너기 위해 해야 할 일정들로 바빴다. 그래서 우리는 장비들과 함께 남겨졌다. 개러스는 맥주 한잔을 하고 잠자리에 들었다. 브랜든과 토니는 어디선가 구해 온 하바나 럼에 섞어 마실 콜라를 사러 잠시 외출했다. 잠에서 깬 개러스가 그의 개인 비서 마가렛과 통화를 약 3시간 했는데, 그때까지도 그들은 돌아오지 않았다. 마가렛은 뉴질랜드의 대한민국 대사관이 크게 도움을 주지 않았다고 보고했다. 개러스는 혼자 중얼거리며 통화를 끝냈다. 브랜든과 토니가 활짝 웃으며 평양 거리 수마일을 걸어서 찾아내느라 힘쓴 단 하나의 콜라 캔을 소심하게 자랑하면서 나타났다. 호기심에 가득차 여기저기 닥치는 대로 거리를 돌아다닌

모양이었다.

우리가 혈기 넘치는 럼앤콕을 홀짝이는 동안 미스터 황과 미스터 백이 도착했다. 그들의 잿빛 안색은 딱 봐도 나쁜 소식을 가지고 왔다고 말해 주었다. 남측에서 우리의 판문점 통과를 허용하지 않을 것이라는 전갈을 보냈단다. 대신 그들은 우리더러 48시간 안에 개성공업단지에 가 있을 것을 지시했다. 아마 이것으로 우리를 위해 준비하고 있다는 판문점에서의 성대한 작별 의식은 끝이 난 듯했다. 하지만 그게 문제가 아니었다.

개성공단은 북한에서도 완전히 별도로 관리되는 영역이었고, 그 말은 미스터 백과 미스터 황이 우리나 우리 미션을 전혀 들어 보지도 못한 정부 당국들과 협상을 해야 할 수도 있다는 말이었다. 미스터 황이 떨리는 목소리로 이 과정은 통상 열흘 정도가 소요된다고 알려 줬다. 우리는 통과 가능한 날짜가 두 번 있었고, 그중 하나는 공휴일이었다.

정신이 번쩍 드는 소식이었다. 브랜든은 럼앤콕을 한 잔씩 더 만들었다. 우리는 이것이 무엇을 의미하는지에 대해 생각해 보았다. 이는 적어도 남한의 배려가 없었다고 말할 수 있었다. 사실 비무장지대의 북쪽에서 좌초된 우리 입장에서 보자면 그것은 완전 고의적으로 우리 계획을 망치려는 것 같았다. 우리는 DMZ를 건너지 못하고 대신 플랜B에 따라 중국의 단동으로 빠져나가야 할 처지에 놓인 것이다.

개러스는 웰링턴에 있는 대한민국 대사관의 심 참사관에게 보낼 메일 초안을 작성했다. 그는 심 참사관에게 우리의 일정 중에 남한에서 가질 두 번의 중요한 일정이 있다고 되풀이했다. 우리는 전쟁 중이었던 한반도에서 민주주의를 위한 뉴질랜드의 희생을 기념하고자 가평에 들를 것이고, 한라산에 방문해서 우리 여행을 상징적으로 마칠 것이라고. 또한 백두 한라 투어는 북한에서 굉장한 성공이었다고 덧붙였다. 그리고 만약 남한 정부가 북한보다 비협조적이라서 우리 여행이 불가능해진다면 굉장한 수치일 것이라고도 했다.

우리는 아침에 평양을 출발하는 것이었지만, 계획이 변경되었다는 미스터 백의 전화를 받았다. 오후 3시에 떠나서 개성으로 가거나 중국의 단동으로 넘어갈 준비를 하거나 둘 중 하나였다. 개러스는 욕이 나왔지만 그럼에도 불구하고 심 참사관에게 이메일 보내는 것을 보류하기로 결정했다. 또 한 번의 잠 못 이루는 밤이었다.

개성으로
핸들을 돌리다

다음 날 아침 우리는 게슴츠레한 눈으로 외국 뉴스 채널을 보고 있었다. – 신기하게도 북한 관광호텔에서도 BBC 월드 서비스 같은 것을 볼 수 있었다. – 그리고 우리는 뉴스를 보고 놀라서 입을 다물지 못한 채 화면을 응시했다. 러시아의 극동 지역이 완전히 물에 잠겨 있었던 것이다. 아무르 강은 강둑까지 불어나 넘쳐서 프랑스와 독일을 합친 것보다 큰 땅인 하바롭스크 외곽 시골 지역까지 범람했다. 우리가 러시아에서 마지막 두 밤을 보낸 마을인 슬라비앙카에서 조금 더 남쪽에 있는 지역은 마을 전체가 레오의 피자 가게부터 시작해 다 물에 잠겼다.

"만세!" 우리가 합창했다. 조금 못됐다고 생각할지는 모르겠지만, 우리는 그 끔찍한 벌레들을 생각했다. 그리고 만약에 우리가 몇 주

늦게 일정을 잡아 그곳에 있었더라면 결코 북한에 들어오려는 시도 조차 못했을 것이다. 그러나 갑자기 우리가 DMZ를 건너는 것이 무산돼 이 여행을 계속할 수 없을지도 모른다는 생각이 현실적으로 보이기 시작했다. 우리는 세계를 위해서라도 결코 이 경험을 놓칠 수는 없었다. 전화벨이 울렸다.

"모건 박사님이세요?" 미스터 백이었다. "좋은 소식이에요. 모건 박사님. 육군이 개입해서 당신들 모두 개성에서 건너가는 것을 보장하겠다고 했어요. 당신들의 방문은 국가적으로 중요한 행사입니다. 나라 전체가 당신들이 한라산에 갈 수 있을지 염려하고 있어요."

또한 미스터 백은 뉴질랜드 육군 제복을 입은 어떤 사람이 DMZ의 남한 측 판문점에 서서 확성기에 대고 북측에 뭔가 외치고 있다고 우리에게 알려 줬다. 그는 개러스 모건과 그의 뉴질랜드 오토바이단이 국경을 통과하는 것을 허용하지 않을 것이라는 내용을 말하고 있다고 했다. DMZ를 건너가기 위한 어떠한 시도도 정전 협정 위반으로 간주될 것이며 남한은 유엔 안전 보장 이사회에게 문제 제기를 할 것이라고 했다.

"뭐라고요?" 개러스가 외쳤다.

미스터 황과 미스터 백은 어떠한 위협이 가해지고 있다고 믿는 것 같았다. 개러스는 '남한 사람들이 우리가 외부 세계로부터 통신을 받을 수 있는 기회가 거의 없을 거라고 생각해 미리 자신들의 의사를 확실하게 전달하려고 하는 것이 아닌가.' 라고 생각했다.

우리 수행단에는 3개의 각기 다른 뉴스 팀이 있었고 AP통신의 현지 통신원을 비롯한 모두가 오후 중반에는 출발해야 했기에 우리는 매우 긴장했다. 평양 밖으로 가는 길에 우리는 통일 아치 아래를 통과한 후 사진 촬영과 상징물의 인상적인 기원에 대한 강의를 듣기 위해 잠시 멈췄다. 그리고 고속도로를 탔다. 개성으로 가는 길에는 터널이 많았고 일반 도로 표지판은 서울과 팔루까지의 거리를 알려 주었다. 하지만 지나가는 차량은 전혀 없었고, 우리는 여기저기에서 남한의 북쪽 지역 도로 옆에 공통적으로 있는 거대한 콘크리트 블록 더미들을 보았다. 이것들은 대전차 장애물이었다. 때가 오면 육군이 먼저 공격할 것이고, 그때 그 장애물들을 도로에 쓰러뜨려서 장갑차의 빠른 전진을 어렵게 만들 것이다. 지나다니는 차량이 없는 이유는 결국 민간인이 DMZ에 접근하는 것을 막고 있기 때문이었다.

개성에 도착했을 때 우리는 DMZ 통과에 대한 준비가 여전히 진행 중에 있다는 것을 알았다. 우리가 대한민국에 들어갈 수 있다는 허가를 받는다 하더라도, 개성 인민군 부대는 판문점에 주둔하는 인민군의 말보다 대한민국으로부터 그 사실을 직접 듣기 원할 것이다. 그러나 공휴일이건 아니건 북한 사람들은 남한이 우리 앞에 계속 던져 놓는 어떠한 장애물도 극복하기로 마음먹은 것처럼 보였다. 단지 우리가 하루라도 빨리 사라져 줬으면 하는 것인지도 모르겠지만…….

어쨌든 육군과의 위기 대책 회의는 개성 전통 민속 마을에 있는

호텔에서 개최되었다. 토론 중간 중간에 장식용 수술과 실크 리본들
이 늘어진 유니폼을 입은 육군 요원들이 바이크 옆에서 사진을 찍었
다. 우리는 확실히 북한 사람들의 마음을 사로잡은 모양이었다.

우리가 회담의 결과에 영향을 주기 위해 할 수 있는 일은 없었다.
오후는 저녁이 되었고, 곧 저녁 식사 시간이었다. 우리는 전통 만찬
준비를 도왔다. 작은 나무망치를 건네받아서는 떡과 과자를 만드는
데 사용되는 젤리 같은 소스를 찹쌀에 넣고 마구 두드렸다. 전통 한
옥 모형의 안뜰에서 매우 놀라운 손재주를 가진 젊은 여자가 연주하
는 북한의 류트라고 할 수 있는 양금의 세레나데를 들으며 맛있는

저녁을 먹었다. 그날 저녁은 마치 시간을 거슬러 수백 년 전을 여행한 것 같은 느낌이었다.

미스터 황은 개러스에게 내일 판문점에서 고별 연설을 해야 한다고 말했다. 연인들이 우리를 위해 준비한 작별 파티 장소를 옮길 시간이 없었던 것이다. 그래서 우리는 계획대로 이별을 위해서 DMZ 쪽으로 다시 가야 할 처지에 놓였다. 그런 다음 운이 좋으면 남한으로 건너가기 위해 개성으로 돌아갈 것이다.

개러스는 밤 10시에 로저의 책 출간을 알리는 뉴스를 보려고 연설문 작성을 잠시 멈추고 텔레비전을 켰다. 그 보도는 끝났지만 텔레비전에서 눈을 뗄 수 없었다. 젊은 여성 앵커의 말과 몸짓들이 완벽한 연극조였기 때문이었다. 뉴스 시청을 마치고 잠자리에 들었다. 내일은 중요한 날이 될 것 같았다.

비무장지대

제2차 세계 대전이 종결 단계에 이르자 이는 독일, 일본 그리고 그 동맹국들의 패배가 전쟁의 끝뿐만 아니라 국제적으로 매우 불확실한 시대의 시작을 의미한다는 것이 명백해졌다. 기존의 세계 질서는 사라졌고, 우위를 선점하기 위해 수단과 방법을 가리지 않는 분위기가 팽배했다. 이런 분위기는 베를린이 추락하기도 전에 아니 첫 번째 원자 폭탄이 일본에 투하되기 수개월 전부터 시작되었다.

'공산주의'의 문제점은 마르크스 레닌주의라고 불렸던 그것이 본질적으로 팽창주의였다는 것이다. 칼 마르크스도 세계 혁명을 전파했지만 그는 그 혁명이 대중의 자발적 봉기에 의해 초래될 것이라고 믿었다. 마르크스주의 혁명가의 임무는 억압받는 동료 노동자의 계급 의식을 불러일으키는 것이었다. 그러면 혁명은 저절로 이루어질 것이고, 공산주의는 사회적 숙성 과정을 거쳐 달성될 것이다. 마르크스주의 교리에 대한 레닌의 해석은 – 모택동의 해석과도 유사하다. – 보다 적극적이었다. 그렇다고 해서 공격적으로 말하지 않았다. 혁명적 선봉이 먼저 권력을 장악하면 그 다음에 대중을 처음부터 다시 교육할 수 있을 것이다. 녹색 바나나를 따 가방 안에 넣어 숙성시키는 것처럼, 공산주의자가 아닌 이들은 이 이데올로기가 적절한 철학과 섞여 자신의 국가와 현 정권에 의해 소외되고 불안하며 박탈당한 집단에게 영향을 주지는 않을지 우려했다. 전쟁의 끝 무렵 비 공산주의 세력의 선봉에 선 미국은 1946년부터 쭉 미국의 국무부가 말한 것과 같이 미국의 사명은 공산주의를 '억제'하는 것이라고 확고하게 믿어 왔다. 사실 일본에 대한 핵무기 사용은 군사적으로 불필요했고, 실제로 유럽이 미국을 믿지 못하게 만들려는 소련의 계획에 대한 경고로 핵폭탄을 터트렸다고 주장하는 학파도 있다.

일본의 항복에 이어 한국은 북한을 점령한 소련 세력과 남한을 점령한 미국 세력의 경계로 미국의 독단적인 선언에 의해 북위 38도선을 따라 두 조각으로 나뉘었다. 이는 일시적인 방침이었지만 통일에 대한 계획은 마련돼 있지 않았다. 1948년에 북한은 먼저 자체 주권 국가를 선언했고, 1950년 6월 25일 남한을 침략했다.

북한은 소련과 중화인민공화국의 무기 공급과 전문 지식 덕분에 군사적으로 압도적인 우위에 있었다. 그해 8월 북한 인민군은 대한민국 국군을 한반도의 맨 아래 남동 모서리에 있는 부산까지 몰아붙였다. 남한만큼이나 미국도 놀랐다. 미국은 한국 자체에는 별로 관심이 없었지만 그들 스스로를 일본 국익의 보호자로 간주했고, 일본에서 몇 백 킬로미터 거리에 있는 공격적인 공산주의 국가를 수륙양용 주정 舟艇으로 막아야 했다. 게다가 워싱턴에서는 북한이 단지소련의 꼭두각시로 '공산주의 억제' 담론을 말하는 미국을 시험해보는 것이라는 생각이 널리 퍼져 있었다. 한국의 공산주의 침략을방어하고 공격하지 않으면 유럽에 더 큰 공산주의 사상이 퍼질 것이자명했다. 이는 20여 년 후, 베트남에서 일어난 미국과 그 동맹국들의 공산주의 봉쇄 정책의 모태가 되었다.

그리하여 미국은 유엔 안전 보장 이사회를 통해 남한을 지원할 국가 연합을 조성했고, 미국이 주도적으로 이끌었던 유엔군은 대한민국의 배후가 되어 전쟁을 도왔다.

3년간의 한국 전쟁은 끔찍했다. 우선 유엔군이 그들 앞의 북한군을 모조리 휩쓸어 버렸고, 9월 말에는 북한군을 38선까지 밀어냈다. 하지만 그들 뒤에는 중국과의 국경인 압록강에서 기다리고 있는 중공군이 있었다. 몇 달 전만 해도 김일성은 자신이 즐겁게 통치할 통일한국을 꿈꾸고 있었지만, 10월 중순에는 압록강을 건너 적절히개입한 중공군에 의해 간신히 전멸을 면했다. 소련은 직접적인 개입을 거부했지만 계속해서 군수 지원과 전문 지식을 제공했다. 12월중순 유엔군은 38선 이남으로 밀렸고 중국의 지원에 힘을 입은 북한은 다시 남한 영토를 깊게 밀고 내려왔다. 이전의 최전선을 확보하기 위해 미국의 엄청난 노력이 투입되었다. 한반도 위아래로 오르락내리락한 지 1년이 지난 후 양측이 38선만 파는 전쟁은 소강상태에 빠져들었다. 그리고 대부분의 시민전쟁에서 볼 수 있듯이, 양측은 전쟁 포로뿐만 아니라 민간인들을 대단히 잔인하게 다루었다. 학살과 잔혹 행위가 넘쳐났고, 수천 명의 사람들이 박해를 피해 어느한쪽으로 달아났다.

장기간의 협상 끝에 1953년 7월 27일 마침내 교전국 사이의 38선에 근접한 2.5마일 넓이의 '비무장지대'를 설립하면서 정전 협정이 이루어졌다. 사상자와 난민들에 대한 정확한 수치를 내는 것은 불가능했지만 한반도 전체에서 50만에서 100만 사이의 병사들이 사망했고, 250만 이상의 민간인이 사망하거나 불구가 된 것으로 추정하고 있다. 적대적 공격이 끝날 무렵 수백, 수천의 가족들이 생이별했다. 최근 몇 년 동안 여러 차례 제한된 숫자만이 남북한의 이산가족 상봉 행사에 참석하는 것이 허용되었다. 할머니 할아버지들이 눈물을 흘리며 서로를 부둥켜안은 채 말을 잊지 못하는 광경들은 가슴이 미어지는 비극의 상징이며 한국 전쟁의 어리석은 결과였다. 이모든 것은 달라질 수도 있었다. 1945년에서 1950년까지 남북한 정권 사이의 이념적 분열에도 불구하고 이 둘의 관계가 정상적이었다는 것은 믿기 어려울 것이다. 러시아와 미국은 1945년 말에 향후 5년간 공동위원회에서 한국을 관리하는 것에 동의했다. 이 신탁은

1949년에 종료할 예정이었고 양측 세력은 일정에 맞춰 철수했다.

그러나 1년이 채 지나지 않아서 김일성은 남한을 침공해도 좋다는 스탈린의 허락을 받았고, 필요할 경우 지원군을 보낼 것이라는 중국 공산당의 보증에 힘을 입었다.

실제로 중국은 지원군을 보냈다. 분단을 계속 고집한 1950-1953년 한국 전쟁의 어리석음 때문에 이제는 강대국들 간의 신탁통치 합의 없이는 남북한이 공존하는 방법은 '정상화'뿐이다. 전쟁의 상태는 계속되고 있다. 실제로 5년간 '신탁통치'가 이루어졌고, 매우 다른 성격의 두 정권이 함께 존재하는 '정상화'를 가능하게 했다. 그리고 이는 전쟁 후 70년이 지난 한반도에 평화를 복원하는 열쇠가 되었다. 그러나 중국과 미국이 이를 해결하기 전까지 한국은 초강대국의 비타협적인 태도로 인한 희생양이 될 수밖에 없다.

한국 전쟁은 1945년부터 1990년까지 '냉전'으로 알려진 똑같은 병을 앓고 있던 미국과 소련 두 나라가 일으킨 일종의 발작이라고 볼 수 있다. 그 기간 동안 두 라이벌 강대국은 자신들의 국제적 영향력을 확장하고 동시에 다른 나라를 약화시키려고 했다. 소련은 1949년 9월에 첫 핵 실험을 했으나 양측은 곧 이는 전 세계를 파괴하는 직접적인 갈등을 야기할 수 있다며 경솔한 행동이었음을 인정했다. 그래서 그들은 지역적 분쟁을 하는 소규모의 전투 부대에게 돈과 무기 및 전문 지식을 제공하는 것에 족해야 했다. 그리고 한국은 그 둘 사이에서 일어난 많은 '대리전쟁'의 첫 번째 희생양이었다.

1953년 7월 27일 정전협정에는 국제연합군, 북한군, 중공인민지원군 사령관이 참여했다.

그럼에도 불구하고 냉전은 위태롭게 달아올랐고 몇 차례나 핵전쟁이 일어날 뻔 했었다. 가장 위험했던 순간은 1959년 소련이 쿠바에서 성공적인 혁명을 이끌고 자신을 마르크스 레닌주의로 선언했던 피델 카스트로에게 미국의 문간에서 핵탄두를 옮길 수 있는 탄도 미사일을 은밀하게 제공했을 때였다. 미국은 미사일이 설치되기 전에 알아차렸고, 미사일 철수를 요구하며 쿠바에 군사 봉쇄를 명령했다. 며칠 동안 전 세계가 숨을 죽이고 불안해하는 동안 양측은 전쟁에 대비해 핵무장 비행기와 잠수함을 움직이기 시작했다. 그때 소련 지도자 니키타 흐루시초프는 지구상 모든 생명체를 위해 후퇴를 명하는 신중한 결정을 내렸다.

한편 양측은 미사일 개발 경쟁 체제로 돌입했다. 첨단 기술에 따라 더욱 정교한 핵 장치가 개발되었고 이는 현기증 나는 군비 경쟁으로 이어졌다. 1970년대의 망상이 마침내 끝이 날 무렵 미국과 소련은 지구를 12번도 더 소각하기에 충분한 핵무기를 비축했다.

1961년 그해 베를린 장벽의 건설로 어리고 미숙했던 존 에프 케네디의 외교적 굴욕에 흡족해 하던 오만한 소련 수상 흐루시초프는 케네디에게 손가락질을 하며 말했다. 우리 공산주의가 너네 미국과 자본주의를 묻어 버리겠다고. 하지만 소련은 자신을 과대평가하고 있었다. 1980년대 러시아와 그 위성 국가들의 경제는 미국과의 군사 경쟁 때문에 매우 고갈된 상태였다. 러시아 자체는 미하일 고르바초프의 진보적인 지도력 하에 독재가 약화되었고, 폴란드는 노조 노동 운동 세력이 점차 커짐에 따라 1989년 소련 연방에서 탈퇴했다. 소련은 카드로 만든 집처럼 붕괴되었다. 평화를 사랑하고(!) 동독을 침략하려는 파시즘의 세력 확장을 저지하기 위해 베를린 장벽이 세워졌다. 그들은 자본주의를 파시즘으로 보았다. 오랫동안 공산주의가 물리적인 구속과 위협으로 그 힘을 유지하는 방식의 상징이 된 베를린 장벽이 1990년에 무너졌다. 1991년 공산주의 국가는 여전히 몇몇 남아 있었지만 냉전은 끝났다. 대중적인 개혁 운동인 이른바 천안문 사건도 1989년 6월, 중화 인민 공화국에 의해 잔인하게 탄압되었다. 그리고 중국은 명목상 공산주의 국가로 남아 있다. 하지만 경제 '자유화' 시행 이후 베이징이나 특히 상하이를 방문하는 외국인들은 공산주의의 흔적을 보기 힘들게 되었다. '공산주의' 정부의 쿠바는 미국이 부과한 무역 제재의 숨막힐 듯한 긴장 아래 점차 약해졌고, 실질적으로 미국 주도의 '대리전쟁'에서 공산주의 세력이 승리를 한 베트남 또한 명목상으로는 공산주의였으나 중국처럼 '자유화'를 시행했다. 그리고 물론 분단된 한반도에는 최후의 진정한 냉전 유물인 비무장지대가 아직 남아 있다.

인삼과 대추가
들어 있는 닭

8월 29일 목요일 축축한 새벽이 밝았다. 개러스는 미스터 황에게 번역을 부탁하며 연설문 원고를 건넸고, 그것 때문에 미스터 황은 우리가 오전 8시 30분 행사를 위해 판문점으로 떠날 때까지 매우 바빴다. 호위대는 계속해서 우리를 잘 경호해 주고 있었다. 갑자기 빗줄기가 굵어져서 6마일 떨어진 판문점에 도달하기도 전에 흠뻑 젖어 버렸다. 1951년부터 장장 2년에 걸친 협상 끝에 1953년에 합의된 정전 건물들을 돌아보았다. 사진에는 합의서 서명식에 참석한 4명의 미국인, 3명의 한국인과 2명의 중국인이 있었다. 중국과 한국은 정전 협정에 실제로 서명하지는 않았다.

그 다음 우리는 반마일을 더 달려서 북한과 유엔군이 하루 종일 서로를 쳐다보고 있는 실제의 경계선으로 향했다. 그곳에서 개러스는 미군의 감시 속에서 경비대의 대장과 인터뷰했다. 미군이 수신 장치를 통해 모든 대화를 다 엿듣고 있었을 것이다. 우리가 그곳에 있는 동안 북한 관계자가 파란색 창고들 중 하나에 들어가자 유엔관계자가 반대편으로 들어갔다. 우리가 개성공업단지를 통해 남한으로 들어갈 수 있도록 북한이 남측에 요청하기 위해서였다. 잘되기를 기도했다.

인터뷰가 끝나고 우리는 1마일 정도 DMZ의 가장자리로 되돌아왔다. 버스 4대에 가득 실려 온 전통 한복과 정장을 입은 주민들 앞에서 작별 행사가 실시되는 장소였다. 비가 이렇게 많이 오는 것을 미리 알았더라면 개러스는 연설을 짧고 굵게 준비했을 것이다. 잘

인삼과 대추가 들어 있는 닭

차려입은 동원된 군중은 그가 연설하는 동안 예의 바르게 열심히 듣는 듯한 표정으로, 미소를 띤 채 움직이지도 않고 서 있어야만 했다. 미스터 황이 통역을 하는 동안 빗줄기는 그들의 머리카락을 반죽했고 얼굴을 쓸어 내렸다. 모든 행사가 끝나고 그들은 줄을 서기 위해 잘 훈련된 정확한 몸짓으로 이동했다. 우리가 바이크에 올라타서 한 무리로 대형을 이루며 출발하자 그들은 흠뻑 젖은 채 손을 흔들었다. 우리는 다시 개성으로 향하고 있는 게 분명했다.

우리가 개성에 도달했을 때 즈음 남한으로 가는 문제는 다 해결된 것 같다는 얘기를 듣기도 했지만 여전히 우리뿐만 아니라 우리 호스트들까지도 긴장하고 있었다. 그들에게도 우리 여행이 중요했기 때문이었다. 우리는 즐거운 점심 식사를 했다. 인삼과 대추와 밤이 들어 있는 닭을 각자 한 마리씩 먹었다. 조가 큰소리로 이건 사형수에게 주는 마지막 식사 아니냐며 궁금해했지만 아무도 재밌어하지 않았다. 오후 2시 45분에 출발을 하려면 2시 30분에는 일어나야 했기 때문에 우리는 그때까지 몰래 낮잠을 잤다.

전방에서
이천 미터 후퇴

        1953년 정전협정에서 남북 양측 다 전방에서 2,000미터씩 뒤로 이동하자는 것에 합의했고, 그렇게 한반도의 비무장지대가 만들어졌다. 이 지대는 한반도를 가로질러 150마일 길이로 확장되었다.

  또한 유엔군 사령부의 법령은 한반도 영해로도 확장되었다. DMZ의 바로 중간은 소위 군사 분계선인데 1953년의 실제 최전방선이었다. 1,292개의 녹슨 표지판이 '군사 분계선'이란 단어가 남쪽을 향해서는 한국어와 영어로, 그리고 북쪽을 향해서는 한국어와 중국어로 표기돼 있다. 군사 분계선은 하늘색의 공동경비구역 건물들을 바로 가로지르고 있다. 실제로 선은 바닥을 가로질러 양측이 얼굴을 마주하는 테이블 정중앙을 통과한다.

한반도의 위기에 대한 한 가지 재미있는 사실은 남과 북, 둘 다 자주 통일을 가장 염원한다고 선언하는 것이다.

어쩌보면 조금은 어이없는 상황이 아닐 수 없다. 마치 함께 방을 쓰는 형제가 말다툼 후 분필로 방 중앙에 선을 그어 놓은 것 같다고 할까. 문제는 이 형제들이 중무장을 하고 걸핏하면 서로에게 총질을 하려고 한다는 것이었다. 비무장지대라는 이름에도 불구하고 한반도의 비무장지대는 지구상에서 가장 군사화된 영토 중 하나이다. 양쪽에서 어떤 특정한 무기들만 서로를 겨눌 수 있다는 규칙이 있기는 하지만 그저 서류상 규칙일 뿐이다.

그 후 계속해서 유혈과 죽음을 수반한 수많은 사건들이 있었다. 가장 기괴한 사건 중 하나는 미국 경비 장교가 유엔 관측소의 시야를 방해하는 DMZ에 있는 나무를 다듬고 있을 때 북한 국경 수비대에 의해 살해된 도끼 만행 사건이다. 이 사건 이후 미국과 대한민국은 화력 지원 가능한 대포가 있는 지상 병력, 전투기, 폭격기와 공격 헬기와 연안에 정박해 있는 항공모함을 포함한 대규모 합동 군사 작전을 시작했다. 폴 버니언 작전은 한 그루의 포플러 나무를 베기 위해 착수한 전례가 없던 최대 규모의 군사 작전이었다. 그 나무는 베어질 수밖에 없는 운명이었다.

양측은 의도적으로 DMZ를 건너 상대 진영에 침투했으며 파괴 행위 및 정치적 암살을 시도했다. 종종 한쪽의 병사가 보초 서기의 단조로움을 해소하기 위해 다른 쪽에 총알을 몇 발 발사하기도 했다. 목적지가 어딘지는 불분명하지만 북한은 DMZ 아래에 여러 개의 크고 튼튼한 터널을 파 왔다. 탈북자들은 남쪽으로 자유를 찾아

터널을 통해 건너오려고 했고, 일부는 성공하기도 했다. 그러나 지난 수년간 거의 육백여 명의 사람들이 DMZ에서 목숨을 잃었다.

군이 긍정적인 면을 찾아보자면 DMZ는 지구상에서 가장 오염이 되지 않은 곳으로 남아 있다는 것이다. 그곳에서는 사실상 야생 동물이 보호되고 있고, 아시아에 서식하는 일부 희귀 동물들도 찾을 수 있다고 한다.

미스터 백의 말에 따르면 북한 정부에서는 우리가 비무장지대로 내려가는 것을 허락했다고 했다. 하지만 남한으로 들어가기 위해서는 서울로부터 허가를 받아야 했고, 그 허가를 받기 위해서 얼마나 기다릴지 아무도 모른다고 했다. 또한 시간이 너무 촉박하기 때문에 이 까다로운 교섭이 자칫 잘못될 가능성도 있다고 했다. 그들은 만약을 대비해 우리를 위한 음식과 물을 준비해 놨다고 했다. 하룻밤을 비무장지대 안에서 캠핑해야 할지도 모르기 때문이었다.

경호원들이 무전기로 수신하는 동안 긴장 속의 기다림이 계속되었다. 그리고 사람들이 하나 둘 나오는가 싶더니 장군 하나가 차에 올라타는 것이 보였다. 미스터 백이 우리에게 손을 흔들었고, 우리는 헬멧을 쓰고 바이크에 올라 엔진에 시동을 걸었다. 북한 측 경호원이 탄 랜드 크루저가 앞에서 우리를 안내했다. 무장 경비병들을 지나 인적이 끊긴 개성공단으로 들어섰다. 그곳은 모든 것이 비현실적으로 느껴졌다. 2012년에 있었던 남북 간의 갈등 고조 이후 남북은 계속 긴장 상태에 있었기 때문에 그곳에 있는 모든 현대식 빌딩들이 텅 빈 채 버려져 있었다. 보도블록은 잡초로 무성했지만 우리가 가까이 가니 신호등은 여전히 파란불에서 빨간불로 바뀌었다. 우리를 앞에서 에스코트하는 북측 경호원은 신호를 무시하고 달렸다. 조선민주주의인민공화국 쪽은 거리의 통행을 통제하는 데 별로 힘들지 않았다.

우리가 서류 작업이 끝나기를 기다리는 동안 북한 관리들은 파고다 형태의 건물 발코니에서 몸을 내밀고 우리를 구경하고 있었다. 우리는 러시아에서 북한으로 들어올 때 압수되었던 전자 제품들을 다시 돌려받았고, 그들은 바이크를 대충 수색했다. 그리고 우리 모두는 안으로 인도되었다. 젊고 상냥한 아가씨가 음료를 주문 받고 대기실로 우리를 안내했다. 조가 앉은 자리에서는 옆방에 있는 화려하게 장식된 대형 괘종시계가 보였다. 금박의 시계 바늘이 싸늘하게 시간이 흐르는 것을 가리키고 있었다. 우리는 조용히 앉아 약속된 시간이 오기만을 기다리고 있었다.

마침내 떠날 시간이 되었다. 우리는 훈장과 메달을 단 보안요원들이 타고 있는 군용차량과 함께 무인지대로 들어섰다. 얼마 지나지 않아 출입 금지선에 도달했고, 랜드 크루저와 지프가 멈춰 섰다. 지프에 타고 있던 군인들이 우리에게 계속 가라는 손짓을 했다. 하지만 우리도 멈춰 섰다. 백과 황, 그리고 나머지 요원들이 차에서 내렸다. 우리도 바이크에서 내려 헬멧을 벗고 마지막 포옹과 악수를 했다. 그들과 안 좋았던 시간도 있었지만, 이 어려웠던 대규모 공동 프로젝트를 순조롭게 잘 끝낼 수 있었던 것은 모두 이들 노력의 결과였다. 우리는 그들이 단순히 주어진 임무를 수행하는 관료라고 느낀 적은 단 한 번도 없었다.

교도소를 방문한 외부인을 교도관이 안내하는 것 같다는 생각은 해본 적 없었다. 그들은 진정으로 우리와 우리의 미션, 그리고 우리가 성취하려고 하는 목표에 대한 확실한 믿음이 있었다. 우리는 그렇게 서로 친구가 되어 있었다. 하지만 이제 떠날 때가 왔다. 물리적인 거리뿐만 아니라 거대한 정치적 장벽이 곧 우리를 갈라놓을 것이다. 우리가 언제, 아니 다시 만날 수나 있을지 누가 알겠는가. 서로의 눈가에 이슬이 맺혀 있었다.

DMZ를 건너는 길 마지막 300미터는 우리 중 누구도 라이딩을 해본 적 없는 가장 외로운 길이었다. 우리가 다가가자 두 명의 미국 군인과 다른 두 명의 뉴질랜드 군인이 보였다. 미국인들은 미소를 짓기에는 너무 무관심해 보였지만, 키위 군인들은 우리를 보고 진심으로 기뻐하고 자랑스러워하는 듯 보였다. 우리는 악수를 하며 서로의 등을 다독거렸다. - 결국 우리가 세계 최초로 이 일을 해낸 것이다. - 우리는 그들을 따라 1마일 정도를 내려가야 한다고 했다. 그 길을 따라 내려가면 세관 및 입국 심사가 있다고 했다. 출발하면서 북한 동료들이 서 있는 곳을 뒤돌아봤다. 우리는 손을 흔들었고, 그들도 열심히 손을 흔들어 주었다. 우리 눈에 눈물이 다시 솟구쳤다. 그리고 우리는 모퉁이를 돌아 그들이 볼 수 없는 곳으로 사라졌다.

모든 가능성을 두고 보더라도 이것이 우리가 그들을 볼 수 있는 마지막일 것이다. 이 부조리한 냉전의 마지막 장벽이 우리 생전에 없어지지 않는 한 말이다.

미국 육군 제복을 입은 큰 아프리카계 미국인이 우리를 촬영하고 있었다. 개성에서 우리의 노력이 헛되지 않도록 특수 임무를 지휘한 판문점의 미국 사령관 대령 제임스 M. 미니치는 우리를 쏘아보며 악수를 나누었다.

"그렇죠. 키위니까 이런 일을 벌일 수 있었던 거죠." 그가 외쳤다. "바로 당신들이었군요. 우리를 들었다 났다 한 사람들이. 환영합니다. 집에 오신 것을 환영해요."

그는 그와 함께 온, 유엔 명령을 수행하는 두 뉴질랜드 군인들을 우리에게 소개했다. 한 명은 크라이스트 처치, 다른 한 명은 타우랑가 출신이었다. 그중 하나는 판문점에서 확성기에 대고 북쪽에 소리를 질러 댔던 뼛속부터 군인일 것 같은 젊은이였다. 그들은 우리가 이룬 성취에 득의양양해서 입이 귀에 걸리도록 웃고 있었다.

짐 대령은 ─ 우리는 이미 이름을 트고 지내는 사이가 되었다. ─ 아침에 우리가 공동경비구역의 안내 투어를 따라가고, 북한 텔레비전과 인터뷰를 하고 있을 때 군사 분계선 너머로 우리를 봤다고 했다. 우리는 판문점에서 갑자기 개성으로 장소를 이동한 이 모든 소동이 도대체 무엇 때문이었는지를 짐에게 물었다. 그들은 분명 이 소동 때문에 북한이 얼마나 골머리를 앓았는지 알고 있었을 것이다.

한국인들은
할 수 없는 여행

우리는 출입국관리사무소를 문제없이 통과할 수 있었다. 그들은 뭔가 막연한 이유를 대며 오토바이 한 대 당 미화 150불을 청구했고, 우리는 각자 4개의 양식을 작성해야만 했다. 15분 이내에 모든 문서들이 준비되었다. 한국인들이 모든 일을 처리하는 동안 우리는 그 두 명의 키위 젊은이들과 이런저런 이야기를 주고받으며 짐 대령과 수다를 떨었다. 대령이 우리에게 말하기를 유엔군 사령부의 그 누구도 우리들이 정말로 나타날 것이라고 예상하지 못했다고 했다.

사실 그들은 우리가 러시아에서 북한으로 건너갈 수 있을 줄도 몰랐다고 했다. 그래서 우리가 평양에서 남한으로 내려가는 길이라고 북측이 연락했을 때 진짜 놀랐다고 했다. 그때부터 남쪽 국경은 대

혼란에 휩싸였고, 갑자기 모든 관계자들이 우리가 국경을 넘을 수 있게 허가해 달라는 요구를 정말 진지하게 받아들이기 시작했다. 그에 따른 첫 번째 문제로 애초에 판문점에는 차량 이동에 대한 조항이 없었기에 교차 지점을 변경해야만 했던 것이다.

게다가 대령의 말에 의하면 한국 사람들은 우리의 방문에 대해 준비를 제대로 못하고 있었다고 했다. 다양한 레벨의 관료 시스템을 거치면서 명확한 전달이 되지 못했기 때문인 것 같다고 했다. 실제로 그제서야 한국 정부는 이 작은 나라에서 온 유명하지도 않은 한 무리의 바이커들이 북한에서 DMZ를 통과해 한국으로 들어온 것에 대해 설명하는 성명을 발표했다. 그 성명에 따르면 남한 정부는 우리 계획이 남북한의 평화 공존을 촉진하기 위한 여행이었기 때문에 지원할 수 있었다고 한다.

현실은 남한 정부가 당황스러운 상황이었다. 웰링턴에 있는 대한민국 대사관과 올바른 절차를 따라서 모든 일을 처리한 뉴질랜드 외무부의 몇 달 간의 노력에도 불구하고 우리가 국경에 실제로 나타나서 문을 열어 달라고 했을 때 남한 정부는 대단히 놀랐던 모양이다.

그러나 모든 게 잘 풀렸다. 모두가 이 여행을 실현할 수 있도록 자신이 맡은 일들을 해냈다. 서로 협력해서 일을 했고, 불가능해 보이는 여행을 실현할 수 있을 때까지 우리는 모든 수단을 총동원했다. 이 비정상적인 교착 상태에도 불구하고 말이다. 남북한 사이의 전화 회선이 중단되어 확성기가 필요하기도 했다. 유엔군 사령부와 남한 정부의 기관들 사이의 의사소통이 매끈하지 않기도 했다. 주 뉴질랜드 대한민국 대사관의 가엾은 사람들은 결정권을 쥐고 있는 서울과 거리가 너무 멀었다. 그럼에도 모두가 함께 이 일을 해낸 것이다. 정말 잘했다!

"북한에서 선물 받은 것이 있습니까?" 미국과 뉴질랜드 군의 호위를 받는 우리의 등장에 눈에 띄게 긴장한 남한 관리가 물었다.

"이것들뿐이에요." 개러스는 토니가 착용하고 있는 통일 아치를 묘사한 옅은 파란색의 '평화의 배지'를 가리키며 말했다. "우리 모두 한 개씩 받았어요."

뭔가 흥분된 술렁임과 함께 모두가 그 배지를 주시했다. 그 남한 사람들이 굳은 표정으로 몰려들어 우리를 둘러쌌다.

"그것들을 저희에게 넘겨 주셔야 합니다."

"농담이시겠지요." 조가 말했다. "제 것은 제 짐 속에 파묻혀 있어서 어디에 있는지도 몰라요."

"잠깐만요, 이해가 잘 안 돼서 그러는데요." 브랜든이 끼어들었다, "이 주석 배지가 당신들의 민주주의 시민들에게 불안감을 일으킨다는 건가요?"

아이고! 깊게 숨을 들이마셨다. 짐 대령이 살짝 끼어들었다.

"여러분, 이 문제는 잘 넘어갈 수 있을 것 같아요. 대한민국 안에서 이 배지를 착용하지 않는다고 약속하면 제가 이 친구들을 설득해 볼게요. 남한에는 북한에서 가져온 물건들에 대한 법이 있어요. 법은 지켜 줘야지요."

바짝 신경을 곤두세우고 있던 남한 관계자는 동료들과 다시 상의했고, 우리는 명예를 걸고 똑같은 배지를 만들거나 남한에서 혁명을 일으키지 않기로 약속을 했다. 이 모든 것이 말도 안 되는 것 같지만 수년 아니 수십 년간을 분단선 너머 적을 그냥 쳐다보기만 해 왔다면 무슨 일이 일어나도 우습지 않을 것이다. 이러한 경험은 집단적 심리에 이상한 영향을 끼치고 있을 것임이 분명하다.

개러스는 화해의 말을 재빨리 받아들였고 우리가 그들 말에 따를 것에 동의했다. 조는 그녀의 배지가 어디에 있는지 몰라서 실망했다. 알았다면 우리가 국경 지대를 벗어나자마자 가장 먼저 배지를 달았을 것이다.

"여러분들은 어디로 가십니까?" 짐 대령은 우리가 사무소를 떠날 때 안도의 한숨을 쉬며 물었다.

"모르겠어요." 개러스가 어깨를 으쓱했다. "아마도 가장 가까운 호텔로요."

"글쎄요. 우선 저들을 통과해야만 할 것입니다." 짐 대령이 말했다.

개러스는 그가 가리키는 손가락을 따라서 카메라와 마이크를 들고 잔뜩 몰려 있는 사람들이 보였다. 모든 남한 미디어가 다 몰려온 듯했다. 여기에서도 우리 이야기가 큰 뉴스거리인 모양이었다.

"북한의 인상은 어땠습니까?"

"당신은 생명의 위협을 느낀 적이 있나요?"

국경을 통과하자 우리는 곧 온갖 질문들을 쏟아붓는 취재 기자들 무리에 의해 둘러싸였다.

"당신은 북한에서 빈곤이나 기아의 증거들을 많이 봤습니까?"

"북한 사람들과 이야기하는 것이 허용되었나요?"

"다시 자유세계로 돌아온 것을 기쁘게 생각하십니까?"

우리는 조선민주주의인민공화국에 대한 선입견이 어떻게 깨지고, 좋은 친구들을 북한에 남기고 떠나서 얼마나 유감스러운지에 대해 얘기했다. 다들 백두산에서 가져온 돌을 한라산까지 가서 놓고 오려는 개러스의 계획에 많은 관심을 보였다.

"현재 남북의 분단 상황은 진지하게 생각해야 하는 문제입니다." 그는 TV 카메라를 향해 말했다.

"제 말은 우리는 백두산에서 한라산까지 오토바이를 타고 여행할 수 있지만, 정작 한국인들은 할 수 없어요. 이건 당연히 해결될 수 있는 문제일 거예요. 결국 한반도는 당신들의 나라이지 우리나라가 아니니까요."

친절하게도 유엔군 사령부는 서울에서 10마일 정도 떨어진 파주에 있는 한 호텔에 방을 예약해 주었다. 그들은 심지어 우리를 그곳까지 안내해 줄 안내원도 제공했다. 언론사 기자들에 의해 포위당한 지 40여 분 후에 마침내 승합차 창문과 후면 문에 매달려 사진을 찍어 대는 카메라맨들을 뚫고 통로를 확보한 수행단의 경호를 받으며 겨우 빠져나올 수 있었다. SBS 텔레비전은 우리를 계속 따라다녔고 호텔 로비에서 잠복근무했다.

방에 들어가서 샤워를 하고 휴식을 좀 취한 후에 그들과 다시 추가 인터뷰를 했다. 인터뷰의 대가로 그들은 우리에게 치맥을 내주었다. 개러스는 카메라에 대고 백두산 돌을 보여 주었고, DMZ 북쪽에서 라이딩하며 찍은 사진 몇 장을 건네 주었다.

저녁 식사 후 우리는 호텔로 돌아왔다. 개러스는 자신의 받은 편지함에 350여 개의 이메일이 있는 것을 발견했다. 조는 세계 각국의 TV 뉴스에 우리가 나온 것을 보고 즐거워했다.

"오오, 우리 유명하네." 그녀가 말했다.

"좋았어." 개러스가 대답했다. "이제 우리가 할 일은 이 인지도를 이용해서 한국의 위기 해결에 대해 논하는 사람들을 찾는 거야."

"당신, 앞으로 몇 주 동안은 못된 장난은 못 치겠군."

한편, 남자들은 약간은 불안하게 만드는 이름을 가진 'Feel bar'라는 술집에 갔다. 평양에서보다는 좀 더 전통적인 비율의 첫 번째 럼앤콕을 그들 앞에 놓기도 전에 사람들이 수군거리며 손가락질을 시작했다. 누군가가 용기를 내서 그들이 북한에서 온 바이커들인지 물었다. 데이브는 좋아하며 맞다고 확인해 주었다.

갑자기 모두가 이 용감무쌍한 유명 인사와 어깨동무를 하고 사진을 찍고 싶어 했다. 그리고 술값도 지불해 주었다. 우리는 자유세계에서도 VIP인 것 같았다.

암울한 시기를 보내는
동안에도 일상은 계속된다

복잡한 교통 속에 있는 것은 어지러웠다. 우리는 서울까지 20마일만 가면 되었지만, 숨막히는 도로 한가운데서 왼쪽 손으로 오토바이 클러치를 쥐었다 폈다 했다. 많은 사람들의 관심이 우리에게 쏟아졌다. 그들은 차창 밖을 향해 다양한 수준의 영어로 우리가 북한에서 온 바이커들인지를 물었다. 우리는 긍정의 의미로 경적을 울리고 엄지손가락을 치켜들어 주었다.

서울이 정신없이 움직이는 불빛들의 향연 속에서 우리를 기다리고 있었다. 조가 1980년대 이곳에 처음 왔을 때 이곳은 좀 더 진취적인 도시가 되기 위한 극심한 고통 속에 있었고 그때까지도 시골 내륙 지역에 둘러싸여 있었다. 아마 오늘날 평양과 많이 다르지 않았던 것 같다. 그 이후로 남한은 '한강의 기적'이란 별명을 얻으며 엄청난 경제 성장을 일궈 냈다. 서울은 지금 기적을 넘어선 것 같다. 남한 인구의 절반은 넓은 대도시 지역에 살고 있다. 우리가 평양에 감탄했지만 정말 이 두 도시를 비교하기 어렵다.

이 둘은 한국 전쟁이 끝난 직후인 1953년 거의 비슷한 상태에서 출발했다. 마치 동일한 씨앗에서 자란 두 식물을 보고 있는 것 같다. 하나는 필요한 햇빛과 물과 영양분을 모두 받았고, 다른 하나는 어둡고 굶주리고 메말랐다. 우리가 아는 한, DMZ 양쪽의 한국인들 다 똑같이 열심히 훈련하고, 노력하는 것 같았다. 다른 점이라고 한다면 남한 사람들은 노력의 열매를 즐길 수 있다는 것이다. 중앙 집권적 경제 체제와 비교해 시장 주도 경제 체제가 우월하다는 것을 증명하려면 서울을 보면 알 수 있다. 그리고 두 도시 사이의 극명한 대비로 인해 하루라도 더 빨리 북한의 경제 제재가 무너지고 외국인 투자가 들어간다면 상황은 훨씬 더 나아질 것이라는 우리의 신념은 더욱 강해졌다.

우리는 호텔 로비에서 서로 밀고 당기는 미디어에 의해 포위되었고, 인터뷰를 하느라 하루가 송두리째 날아갔다. 북한에 대한 인상에 대해 왕성한 호기심을 보이는 남한 미디어에게 개러스는 국가의 권위라는 이름으로 자유가 가혹하게 제한되었던 과거 권위주의 정권의 이미지를 언급했다. 김일성 왕조의 북한은 마오의 중국과 스탈린의 러시아로부터 혈통을 내려받은 것이 분명했다. 국익의 이름으로 개인의 자유와 권리를 심하게 구속하는 정권들이 오늘날까지도 많이 있다. 심지어 남한의 근대사만 봐도 국내적으로 다 행복과 자유만 있었던 것은 아니다. 박정희 장군은 1961년 군사 쿠데타로 권력을 장악하고 1979년 암살될 때까지 자칭 '생활 대통령'으로 지배했다. 그의 통치는 인권 침해와 야당에 대한 무자비한 불관용으로 특징지어진다.

개러스가 강조하고자 하는 요점은 이들 국가 모두가 암울한 시기를 보내는 동안에도 정상적인 일상생활은 계속되었다는 점이다. 따라서 우리가 북한에서 확인하고 싶었던 것은 평양의 특권층과 군사 엘리트를 벗어난 생활이 어떤 것인지를 보는 것이었다. 물론 우리에게 허락된 만큼밖에 볼 수 없었지만 말이다. 우리가 받은 인상은 기계와 현대적 생산 방법이 거의 없음에도 불구하고 그 사람들은 놀라운 일을 달성한다는 것이었다. 그것은 마치 시간을 거꾸로 돌려 다시 전통적인 농촌 마을 생활로 되돌아가는 것 같은 경험이었다. 실제로 개러스는 북한의 마을들이 그와 조가 처음 방문했을 때인 1980년대 남한의 농촌을 연상시킨다고 말했다. 오두막 주변에 텃밭, 주택의 온돌 난방 및 가장 기본적인 농기구의 보급은 모두 전통적인 한국의 모습이었다.

북한이 독재 정권임을 감안할 때 개러스가 묻고 싶은 것은 이것이다. 과연 '고립, 악화, 그리고 굴욕' 전술을 통한 정책이 정권 교체를 이루어낼 수 있는가? 조지 W. 부시 대통령의 악의 축 발언에서 양산된 북한을 악마화하는 노력이 대북 정책에 더 많은 가능성이 있을까? 아니면 '참여, 설득과 보상' 정책이 더욱 성공적일까?

하지만 놀랍게도 핵 억제로 정당화되는 미국의 경제 제재와 국가 전멸이라는 지속적인 공포에도 불구하고 북한 경제는 붕괴되고 있는 것 같지 않았다. 오히려 그 반대로 흉작과 기근이 정기적으로 일어나지 않는 한 남한과 같은 엄청난 발전은 아니더라도 북한 경제 또한 진전되고 있는 것 같았다. 북한 사람들은 정말 열심히 노력하고 있고, 갖고 있는 자원을 잘 활용하고 있다. 중국을 모델로 한 경제 부흥이나 기적을 일으켜서 또 하나의 아시아 호랑이가 되려면 외국인 투자자들에게 문을 열어야 할 것이다.

"하지만 그게 될까요. 모건 박사님?" 취재 기자가 물었다.

"저는 낙관적입니다." 개러스가 단호하게 고개를 끄덕이며 대답했다. "그러나 이 교착 상태를 풀기 위해서는 변화가 필요할 것입니다. 저는 그들을 고립시키는 이러한 시도가 바로 북한 지배 체제의 붕괴로 이어질 것이라고 보지 않습니다. 이러한 제재들에도 불구하고 북한과 중국, 러시아 사이의 경제 협력을 많이 목격했습니다. 따라서 도저히 악마로 볼 수 없는 2,500만 북한 주민들에게 좀 더 가까이 다가간다면 훨씬 효과적인 방법으로 북한의 자유화가 이루어질 것이고, 동시에 김일성 일가의 멍에로부터 저절로 빠져나올 것입니다.

저녁에 우리는 양복 차림의 사람들로 가득찬 번쩍거리는 식당에서 행복하고 자유로운 대화를 나누며 식사를 했다. 미스터 황 및 다른 북한 사람들과 함께 저녁 테이블에 둘러앉아서 했었던 공식적이고 때로는 과장하던 이야기들과는 거리가 멀었다. 우리는 자유세계의 시민이라서 기뻤다.

이상하게도 북한 친구들의 조용하고 속마음을 드러내지 않는 예절에 대한 향수가 남아 있었다.

"정말 아무도 믿지 않았어요. 실제로 그곳에서 DMZ를 건넌다는
말을 들었을 때, 순식간에 아수라장이 된 거죠."

Part 5

서울의 방송국은 여행자를 따라다닌다

강남에서
이타세 맴버와의 만남

　　　　　　　어제 인터뷰가 한창일 때 개러스에게 전화 한 통이 왔다. "모건 박사님이세요?" 약간 한국 억양이 섞인 미국 영어가 수화기에서 들려왔다. "제 이름은 조 박이지만 사람들은 서울 조라고 불러요."

　우리는 조에 대해서 들어본 적은 없었지만 그에게서 뭔가 진정성이 느껴졌기 때문에 계속해서 수화기를 들고 있었다. 알고 보니 서울 조는 세계 시민이라고 불러도 손색이 없을 만한 사람이었다. 그는 전 세계 여기저기를 돌아다니며 살아 봤고, 뉴욕과 시애틀에 있는 식당을 운영하며 큰돈을 벌었다고 했다. 그는 증권 컨설턴트로 명성이 자자한 사람이었다. 기본적으로는 자신의 눈치와 직감을 다른 투자자들에게 파는 주식시장 투기자로, 요즘은 프랑스 남부와 아시아의 대도시들에서 대부분의 시간을 보낸다고 했다. 그는 취미로 오토바이를 타며 이타세이륜차를 타고 하는 세계 여행라는 남한의 바이커 그룹과 잘 알고 있다고 했다. 그는 개러스에게 서울에 있는 이타세 멤버 몇 명과 함께 저녁 식사를 하는 것은 어떻겠냐고 물었다.

그렇게 인터뷰를 하며 또 하루가 지나갔고, 서울의 상업 지구 중심부에 있는 이타세 멤버 중 한 명이 소유한 식당으로 갔다. 모든 것은 공짜였다! 서울 조는 한국인 치고는 비교적 큰 키에 말랐고, 덥수룩하고 까칠하게 자란 멋진 수염을 가진 남자였다. 그의 미소는 왠지 있어 보였다. 그는 악동 같은 눈빛을 반짝이며 조에게 장미 한 송이를 선물했다. 이타세는 도시에 사는 세련된 전문직 종사자들로 이루어진 바이크 동호회였다. 그들은 BMW처럼 성능 좋은 오토바이를 각자 3대 이상 소유하고 있는 것처럼 보였다.

그리고 바이킹과 캠핑을 결합한 여행이 인기 있는 주말 취미 활동인 듯했다. 그날 저녁 모임에는 30명 정도의 동호회 회원들이 모였다. 그들은 매우 친절했고, 우리와 우리의 '모터사이클로 세계를' 여행에 대해 지대한 관심을 보였다. 물론 남북 종단 여행에 대해서도 많은 흥미를 보였다. 조는 남한의 젊은 세대들이 북한을 마치 외계인처럼 느낀다는 인상을 받았다. 이전 세대가 느끼는 깊은 가족애는 젊은이들에게 일반적이지 않은 것 같았다. 그러나 북한에 대한 관심과 어떻게 분단의 문제를 해결할 것인지는 여전히 상당히 중요한 주제였다. 바비큐가 지글거리며 구워지고 있었고, 맥주와 소주로 잔을 채우며 걱정 없이 신나게 놀았다. 조와 토니가 〈강남 스타일〉 춤을 추면서 유쾌하게 마무리를 했다. 우리는 진짜 강남에 있었다! 그들이 추는 막춤에 한국인들은 환호하며 큰 박수를 보냈다. 그들은 구입한 지 얼마 안 된 것 같은 새 렉서스에 우리 다섯 명을 태워 호텔까지 데려다주었다. 조는 우리 주변의 차량들을 찬찬히 쳐다보았다. '서울의 차들을 보니 뉴질랜드는 구형 자동차 전시회 같겠구나.'라는 생각이 들었다. 오늘날 서울은 아시아의 뉴욕 같았다. 정말 놀랍도록 빠르게 여기까지 왔다.

서울 조는 일요일에도 다시 우리의 호스트가 되었다. 그의 화려한 아파트로 우리를 파스타 점심 식사에 초대한 것이다. 집안 곳곳에 걸려 있는 미술 작품들과 그가 사는 곳이 주는 편안함은 평양과 비교할 수 없었다. 정말 다른 행성에 온 것 같았다. 남쪽으로 그다지 멀리 온 것도 아니었는데 말이다. 저녁에는 주한 뉴질랜드 대사인 패트릭 라타의 저택에 초대받았다. 이전에 남한에 왔을 때도 대사관저에 초대를 받아 방문한 적이 있었지만 이 건물은 몇 년 전에 완전히 새로 지어져서 우리가 본 적이 없는 다른 건물이 되어 버렸다. 새로운 저택은 뉴질랜드 취향의 건축 자재를 사용했고, 뉴질랜드산 가구들로 꾸며져서 정말 아름다웠다.

그곳에서 우리가 대한민국을 여행할 수 있도록 열심히 노력해 준모든 사람들과 직접 만날 수 있었다. 우리는 손에 땀이 나도록 긴장되었던 순간들과 DMZ 횡단 계획이 급격하게 변경된 배후에는 어떠한 일들이 일어났었는지 알고 싶었다.

"생각보다 매우 간단해요." 패트릭 대사가 설명했다. "당연히 대한민국은 북한도 당신들을 들어오게 했는데 남한에 못 오게 한다는 건 체면이 안 선다고 생각한 거죠. 결국엔 모두가 당신들이 DMZ를 통과해 남한으로 들어오는 것에 기꺼이 동의했어요. 하지만 당신들이 북한에 들어가서 여행할 수 있을 것이라고는 정말 아무도 믿지 않았어요. 실제로 그곳에서 DMZ를 건넌다는 말을 들었을 때, 순식간에 아수라장이 된 거죠."

"여하튼 결국 다 잘 됐고, 잘 끝났어요." 그가 어깨를 으쓱했다.

패트릭 라타는 남한에서 우리가 무엇을 할 건지 알고 싶어 했다.

"우리는 한라산으로 갈 거예요." 개러스가 그에게 말했다. "거기에 가져다 놓을 돌이 몇 개 있거든요."

러브 호텔에서
짐을 풀다

호텔 로비는 이제 당연하게 있는 방송사와 각종 미디어에서 나온 사람들과 꽤 많은 수의 남한 바이커 대표단들로 붐비고 있었다. 남한의 정책 방송 채널인 KTV가 가장 적극적인 듯했다. 그들은 우리와 계속 함께했고 일주일 후에 우리가 한라산에 도착하면 그곳에서 기다리고 있겠다고 했다. 우리는 그들이 앞장서서 서울 시내를 운전하는 것을 따라다녔다. 그들은 벤을 몰고 있었는데 뒷문을 열어 놓고 거기에 카메라맨이 발을 덜렁거리며 앉아서 우리가 시내 관광을 하는 모습을 찍었다. 우리와 우리 미션에 대해 아는 사람들이 꽤 많은 것 같았다. 가는 곳마다 모든 사람들이 우리를 아는 척했고 지나칠 때는 많은 환호성과 박수를 받았다. 우리는 그 분위기를 즐겼고, 한국인들 역시 그들의 분단된 조국을 도우려고 애쓰는 우리의 노력을 고마워하는 것 같았다.

너무 더웠다. 교통이 막혀서 더 힘들었다. 마침내 서울 밖으로 빠져나왔을 때 안도의 한숨을 내쉴 수 있었다. 그리고 지금은 휴식 장소로 각광받는 예쁜 교외 지역이지만 한국 전쟁 때는 무시무시한 혈전이 벌어졌던 장소인 가평으로 달렸다. 가평은 서울에서 약 30마일 정도 떨어져 있다.

1951년 4월 3일 동안 로열 뉴질랜드 포병대 제 16야전 여단의 도움을 입은 호주, 캐나다의 소규모 군대가 엄청난 수와 병력을 가진 중공군에 대항해 치열하게 싸웠다. 이때 두 명의 뉴질랜드 군인이 전사했다. 우리가 뉴질랜드를 떠나기 전 조가 카산드라Casandra라는 여성으로부터 한 통의 편지를 받았다. 그녀의 아버지 앵거스 드라이스데일Angus Drysdale이 가평에서 싸웠다고 하며 우리가 그곳에 가면 전투 기념관에 양귀비꽃을 놓아 달라고 부탁했다.

카메라 앞에서 조는 카산드라의 편지에 있던 데니스 이야기를 들려주었다. 그리고 조의 가족과 친분이 있던 지금은 고인이 된 키스 베리Keith Berry에 대해서도 이야기했다. 키스 베리는 그 당시에 뉴질랜드 군의 종군 기자로 이곳에 있었다. 그녀가 몸을 구부려 콘크리트 주춧돌 위에 작은 종이 양귀비를 내려놓았을 때 셔터가 찰칵거렸고 플래쉬가 터져 나왔다. 개러스도 자유가 얼마나 중요한지, 북한 사람들에게 자유가 없다는 것이 얼마나 비극인지 그리고 대한민국 사람들이 다시 자유를 잃어버리지 않고 어떻게 지켜야 할 것인지에 대해 얘기했다. 한반도에서 싸운 3,794명의 키위 군인 중 79명이 사망했다. 그리고 존중과 자유의 수호는 그들의 희생을 기리는 가장 좋은 방법일 것이라고 덧붙였다.

그날 오후에는 TV 방송국에서 우리에게 점심을 대접해 주었다. 그들과 동행하는 내내 꽤 잘 얻어먹었다. 식사를 마친 후 우리는 동쪽 해안으로, 그들은 서울로 향했다. 우리는 그림처럼 아름다운 기암괴석으로 이루어진 설악산과 동해 사이에 위치하고 있는 인구 9만 명의 속초에 정착했다. 부두 아래를 보니 우리가 블라디보스토크에 있을 때 항구에 정박해 있던 그 페리가 보였다. 만약 하산에서 북한으로 가는 철도에 타지 못했더라면 우리는 그 페리를 탔을 것이다. 이제는 다 오래 된 이야기 같았다. 그리고 우리가 원래 계획을 완료하기 직전에 있다는 사실이 너무 감격스러웠다. 북한을 경험한 지금 만약 제대로 일이 흘러가지 않았더라면 우리가 어떤 곤경을 겪고 있었을지 너무 잘 알고 있었으니 말이다.

남한의 유명한 '러브 호텔' 중 하나를 찾아 짐을 풀었다. 개러스는 또 다른 어려움을 해결하기 위해 작업에 착수했다. 토니는 시애틀에서 사업상 미팅이 있어서 며칠 후 떠나야 했다. 그래서 나온 아이디어는 로저 셰퍼드가 토니의 빈자리를 대신해 백두대간 횡단의 나머지 부분을 기록하는 것이다. 이는 우리 모두가 북한의 함흥 호텔에서 합의했던 것이었다. 하지만 로저가 남한에서 유효한 오토바이 면허가 있는지 확실하게 모르는 상태였다. 만약 면허가 없다면 제3자

많은 뉴질랜드, 호주 군인들이 한국 전쟁에서 죽었다.
가평에는 그들의 희생을 기리기 위한
호주, 뉴질랜드 전투 기념비가 있다.

보험을 가입할 수 없게 될 것이고, 바이크는 남한에 임시 수입 허가를 받아 들여 온 것이기 때문에 사고가 생겼을 경우, 그 뒷감당은 생각도 하고 싶지 않았다. 개러스는 조선일보 첫 페이지 헤드라인에 '무면허 키위 라이더, 한국 보행자 살해', 그리고 뉴질랜드 헤럴드는 '모건 그룹, 한국에서 위법 행위, 한국인 사망' 같은 신문 기사가 나오는 악몽에 시달렸다.

로저는 평양에서 서울로 오는 중에 있었다. 개러스는 그가 지금쯤 베이징에 도착했을 것이라고 계산했다. 로저에게 이메일을 보냈고, 신속하게 답장이 왔다. 로저는 능력과 경험이 풍부한 모터사이클 라이더이기는 하지만, 그는 면허증을 소지하지 않았다고 했다.

"안돼." 개러스와 토니가 동시에 말했다. "위험 부담이 너무 커."

그는 곧장 로저에게 이 나쁜 소식을 알리는 이메일을 보냈고 우리 여행에 참여할 수 있는 다른 방법을 찾아보라고 했다. 토니는 이미 자기 바이크의 운송 예약을 위해 화물 운송업자에 전화를 하고 있었다. 항공편으로 미국에 보내기 위해서는 내일 당장 서울로 바이크를 보내야 한다는 결론이 나왔다.

"그럼 이제 안녕이네, 토니." 조가 말했다.

"안타깝지만 그러네." 토니가 대답했다. "너무 좋았어. 진심으로. 이번 라이딩은 내가 타 본 것 중에 가장 감성적으로 강렬했어."

"그래도 울지 마." 조가 말했다.

"안 울어." 그러나 그의 눈가는 이미 촉촉해졌다.

토니는 떠났고, 우리는 속초에서 시간을 죽이고 있었다. 이 마을은 사실 38도선에서 더 위쪽에 있다. DMZ가 북쪽에 만들어지기 전까지 이 도시는 북한에 속해 있었다고 한다.

우리는 1997년과 2008년에도 여기에 온 적이 있었는데 이곳은 그때보다 현저하게 발전되어 있었다. 우리 눈에는 서울의 유리 숲을 탈출하려는 답답한 도시인들을 위한 리조트 타운 같은 역할을 하는 것 같았다. 개러스가 미국의 신문에 기고할 기사를 작성하며 자꾸 끊기는 무선 인터넷에 대해 구시렁거리며 아침을 보낸 후에 우리는 큰 다리 중 하나를 따라 산책을 나가서 설악산이 눈부시게 빛나는 강에서 손으로 젓는 거룻배를 탔다. 이 산이 금강산 쌍둥이라는 것을 기억하는 것은 전혀 어렵지 않았다. 불과 며칠 전에 우리는 북한의 호스트와 산 중 산책로를 한가로이 걸었다. 이곳의 독특한 바위 형상들과 빨간색과 노란색의 숲은 놀라울 정도로 비슷했다. 금강산은 단지 수십 마일 위에 있을 뿐이니까.

서울 방송국의
스토킹

SBS 방송국의 제작진들은 우리를 스토킹하듯 계속 따라다녔다. 그들은 우리가 북한의 궁핍을 경험한 후 어떻게 남한에 적응하고 있는지에 대한 8분짜리 다큐멘터리를 만들고 있었다. 우리의 첫 번째 적응 과정으로는 한국 요리의 주재료인 고추장을 만들 때 사용하는 불 같이 매운 빨간 고추 농장을 방문하는 것이었다. 조는 의료 담당자로서 모두에게 고추 즙이 묻은 손가락이 예민한 부위에 닿지 않게 상기시켜야 한다는 의무감을 느꼈다. 눈이나 코 그리고 남자들이 화장실에 갈 때 중요한 부위에도 말이다. 그녀는 진지했다.

"악, 간호사! 너무 뜨거워!" 개러스가 으악하고 비명을 내질렀다.

"키스도 더 잘하고 좋지, 뭐. 그렇지, 조?" 데이브가 킬킬거렸다.

"아니면 진정시키는 크림을 좀 발라보던가." 브랜든이 거들었다.

"고통은 없어져도 붓기는 남아야 할 텐데." 데이브도 거들었다.

조는 그들을 피해 다른 곳으로 가 버렸다.

당연히 우리는 직접 그 노동의 열매를 시식해야만 했다. 우리는 이른 점심을 먹으며 모든 감각에 과부하가 걸리는 듯한 경험을 했다. 카메라는 우리의 땀 한 방울 한 방울이 모여 눈썹으로 흘러내리는 것까지 다 잡아내고 있었다. 식사를 마치고 난 후 우리는 잠자는 것 말고 다른 생각은 할 수가 없었다. 하지만 우리는 다시 오토바이에 올라야 했다. - 얼마나 잘 먹었는지 오토바이에 올라탔을 때 안장이 삐걱거리는 소리가 들릴 정도였다. - 그리고 우리는 산으로 향했다. 오후에는 구불구불한 산길로에서 눈부시게 아름다운 라이딩을 했다. TV 승합차는 우리 뒤로 멀리 뒤쳐졌다. 그들이 우리를 따라잡을 때마다 우리는 그들이 원하는 장면을 연출해 주었다. 예를 들면 길가에서 차 한잔을 위해 조의 조리 기구를 꺼내 야영용 주전자에 물을 끓이거나 길에서 만난 등산객에게 백두산 돌을 보여주는 것 등으로 말이다. 이것은 열이면 열, 백이면 백 사람들의 관심을 끌었다. 사람들은 개러스의 돌에 대한 설명이 끝나자마자 입을 벌리며 눈물을 글썽였고 돌을 가슴이나 뺨에 대보길 원했다. 국경을 초월한 감동의 드라마였다.

우리가 법적으로 문제가 있을 때에도 제작자들은 그곳에 있었고 카메라는 돌아가고 있었다. 어쩌다 보니 우리는 오토바이가 들어갈 수 없는 고속도로를 달렸다. 개러스를 선두로 꽤 앞서 달리고 있었고, 우리끼리 그룹을 지어 잘 가고 있었는데, 갑자기 번쩍거리는 라이트와 함께 뒤쪽에서 사이렌을 울리며 경찰차가 접근해 왔다. 그 경찰차는 그룹 맨 앞에 있던 브랜든 앞으로 끼어들어 오더니 우리를 갓길로 인도했다. 데이브와 조도 멈췄고 방송국 승합차도 뒤따라 갓길에 차를 세웠다. 방송국 사람들은 당황한 것처럼 보였다. 통역해 주는 방송국 관계자 말에 따르면 우리는 교통 법규를 위반했고, 경찰서까지 동행해야 한다고 했다. 우리는 그때 다른 사이렌 소리가 접근해 오는 것을 들었다. 냉정한 얼굴의 경찰관이 타고 있는 차 한 대가 뒤에 다가와서 섰다. 그들은 우리를 한 줄로 정렬해 갓길로 천천히 달리도록 했다. 차 한 대는 우리 앞에서 다른 한 대는 바로 뒤에서. 조는 두 경찰차 사이에서 50마일로 달리며 진땀을 뺐다. 자갈로 된 갓길을 달리다가 펑크라도 나면 진짜 위험할 수 있기 때문이었다. 만약 바이크가 펑크로 주저앉기라도 하면 뒤에서 따라오는 차량이 분명히 우리를 덮칠 것이었다.

우리는 고속도로를 빠져나와 경찰서로 후송되었다. 수리를 위해 수많은 서류들을 작성해야 했고, 경찰들은 우리 바이크 사진을 찍었다. 다른 한 경찰관이 근엄한 목소리로 뭐라고 말했다.

"일차 위반 시 미화 500달러래요." 방송국 사람이 통역했다. "다음번엔 감옥에 갈 거래요."

방송국 제작자는 경찰과 한참 대화를 한 후 이제 이동해도 된다는 손짓을 했다. 우리는 돈도 내지 않았고, 그들도 우리가 돈 내는 것을 원하지 않는 듯 보였다. 방송국 측에서 우리가 벌금을 면할 방법을 찾은 것인지, 아니면 그들이 지불했는지는 모르겠다. 우리는 물어보지 않았고, 설사 그들이 지불했다고 하더라도 그것을 문제 삼지는 않아도 될 것 같았다. 좋은 방송 프로그램을 만들기 위해서 지불해야 할 가격 치고는 터무니없이 싼 가격이 아닌가.

한편 개러스는 고속도로 요금소를 지나 기존의 도로망으로 들어가는 동안 트럭 한 대를 방향키 삼아서 계속 따라갔다. 그는 다른 이들과 돌이킬 수 없게 떨어져 버렸다는 것을 깨달았다. 이런 상황이 벌어졌을 때 어떻게 하기로 했는지 기억을 떠올렸다. 만약 이렇게 떨어지면 그날 하루를 머물기로 한 원주에서 다시 만나기로 했다. 그렇게 해서 우리는 오후 늦게 다시 만날 수 있었다. 개러스는 이미 버스 터미널을 찾아 놓았고 이것은 남한에서 시내 중심가를 찾는 데 꽤 괜찮은 방법인 듯했다. 그리고 말할 것도 없이 그 인근에는 러브모텔들이 잔뜩 몰려 있었다. 우리는 모텔 J라는 곳을 골랐다. 방송국 카메라는 조가 그녀의 기초 한국어로 방을 잡으려고 시도하는 것을 촬영했다. 이런 시설의 직원이라면 이미 볼 것 못 볼 것 다 봤을 테지만, 그럼에도 불구하고 이 지저분하고 왜소한 외국인 할머니가 뒤에 있는 억세 보이는 세 남자들을 가리키며 방이 있냐고 묻자 깜짝 놀란 것 같았다. 그의 눈은 카메라를 든 다른 네 남자에게 꽂혔다.

그는 우리가 방을 볼 수 있게 안내했고, 아주 작은 승강기 안에 8

명이 끼어서 탔다. 브랜든과 데이브는 트윈 침대가 있는 방을 찾았다는 것에 꽤나 안심했다. 방에는 필요한 것이 다 갖춰져 있었다. TV, 사운드 시스템, 스파, 큰 침대, 컴퓨터, 랩으로 싼 키보드에 개러스는 전율을 느꼈다. 그리고 화장실에는 다채로운 색깔의 미끈거리는 액체가 들어 있는 병들이 있었다. 그렇게 방을 고른 뒤 접수처 직원은 엄숙하게 우리 각각에게 콘돔과 윤활제가 들어 있는 작은 가방을 건네주었고 그렇게 우리는 밤을 지낼 준비를 했다.

방송국 카메라는 우리가 또 한 번의 정말 맛있는 한국식 식사와 어마어마한 양의 맥주를 마시는 것을 찍으며 영상을 마무리했다. 그들의 행복한 얼굴은 그날의 영상이 자신의 경력에 큰 도움이 될 것이라고 생각하는 듯 보였다.

어느 곳에서도
먼 속리

아침부터 가볍게 비가 내리고 있었다. 우리는 멀리 가지 않아도 되었다. 한국인들에게 인기 있는 하이킹 코스인 1,000미터 높이의 속리산 기슭에서 로저 셰퍼드와 만나기로 한 장소로 향했다. '속리'라는 이름은 '어느 곳에서도 먼'이란 뜻이고, 그 이름은 땅이 말라 있기만을 바라며 멋지게 구불거리는 산길을 달리는 우리에게 적절하게 느껴졌다.

너무 작아서 지도상에 보이지도 않는 마을에서 점심 식사를 하기 위해 멈췄다. 식당에는 하얗게 칠한 창문들이 있었는데 그 창문에 바로 메뉴가 쓰여 있었다. 우리가 들어가려고 했을 때 작은 할머니 한 분이 눈을 커다랗게 뜨며 우리를 올려다보았고 고개를 절레절레 젓기 시작했다. '너네 같은 사람에겐 안 판다. 너한테 안 팔어.'라고 말하는 듯했다.

"우리는 음식을 주문하고 싶습니다." 조가 조심스럽게 한국어로 말했다. 그 할머니는 한국어를 들어서 그랬는지 조금은 안심한 듯했다. 여전히 우리가 타고 온 우주선을 찾으려는 것처럼 우리 뒤를 계속 살펴보고 있었지만 말이다. 요 며칠 간 계속 매운 음식을 먹은 효과를 톡톡히 느끼고 있는 조는 일반 우동을 시켰고, 나머지는 비빔밥을 먹었다.

자리에서 일어날 때쯤 개러스는 그의 소중한 돌들을 꺼내 들었다.

"백두산." 그가 말했다.

여자는 돌과 개러스를 한 번씩 번갈아 보더니 약간 미심쩍은 듯한 미소를 지었다.

"맞아요. 정말 백두산에서 가져왔어요." 개러스는 주장했다.

그때 막 가게에 들어 온 한 젊은 여자도 관심을 보였다.

"실례합니다만, 백두산은 북한에 있어요." 그녀는 훌륭한 영어로 말했다.

"이 돌들이 거기서 왔다고요." 개러스가 쏘아봤다.

"죄송하지만, 북한에 가는 것은 허용되지 않아요." 그 젊은 여자가 말했다.

"우리가 다녀왔다니까요." 개러스가 말했다.

조는 그녀에게 어디서 그런 훌륭한 영어를 배웠는지를 물었다. 알고 보니 그녀는 미국에서 공부하다 얼마 전에 돌아왔다고 했다. 조

역시 그녀에게 이 돌들은 정말 백두산에서 가져온 것이라고 말해 보았지만 개러스보다 설득력이 있지는 않은 듯했다. 우리가 떠날 때 그 두 여자들은 머리에 약간 이상이 있는 낯선 사람들을 위해 정중하지만 왠지 불쌍히 여기는 듯한 미소와 함께 우리를 바라봤다.

우리는 수월하게 로저가 만나자고 한 곳을 찾아냈고, 인근에서 숙박할 곳을 찾기로 결정했다. 마침 부근에는 세계 각국의 관광객들을 강하게 사로잡을 만한 작은 마을이 있었다. 그곳에는 1년 내내 특히 주말에는 더욱더 넘쳐 나는 수많은 등산객들을 충족할 엄청난 수의 음식점들과 가게들이 있었다.

우리는 로저와 함께 저녁 식사를 했다. 그를 만나서 반가웠다. 그리고 우리가 떠난 후 북한 친구들의 근황을 전해 들을 수 있었다.

"모두들 그때 당신들이 떠나는 것을 보면서 많이 슬퍼했어요." 로저가 전했다.

"우리도 그들을 두고 떠나는 게 서운했었네." 개러스가 말했다.

"하지만 모두 이번 여행은 성공적이라고 생각하고 있고, 그 결과로 무언가가 이루어질 것이라 믿고 있어요."

"우리도 그러길 바라고 있어." 개러스가 대답했다.

페리 터미널

해안을 따라 달리는 70마일은 수월했다. 우리는 고속도로로 들어가지 않고도 길을 잘 찾을 수 있었다. 좋은 시간을 보내기 위해 절벽 옆에서 간식과 차 한잔을 하려고 멈췄다. 산책로와 가파른 계단들은 전통적인 스타일의 전망대로 향하고 있었고, 만약 그 이상의 모험을 원한다면 언덕 위에 있는 절로 올라갈 수 있었다. 한국인들에게 산은 성스러운 장소인 듯했다. 지도를 보면 알 수 있는 사실은 산에는 꼭 절이 한두 군데가 있다는 것이었다. 일부 법당에는 여전히 무당들이 거주하고 있다고 했다.

완도는 육지와 대교로 연결돼 있었다. 이제는 익숙한 '오토바이 금지' 표지판이 있는 긴 현대식 현수교를 보자 약간 어안이 벙벙했다. 완도에 어떻게 가야 하는지 아무도 확신할 수 없었다. 해당 당국과 이 점을 가지고 논쟁하는 위험 부담을 안을 필요는 없었기에 우리는 건너자마자 재빨리 작은 도로로 빠져나왔다.

완도의 항구에는 어선들이 가지런히 한데 묶여 있었고 건조시키기 위해 매달려 있는 오래된 물고기의 모습은 그림 같았다. 페리 터미널 옆 공원에는 제주도로 항해하는 페리를 기다리며 시간을 때우는 사람들로 가득했다. 우리가 오토바이를 멈추자마자 상당히 흥분한 사람들의 관심 대상이 되었다. 여러 사람들이 우리가 백두산에서 한라산으로 라이딩하는 뉴질랜드인들인지를 물었다.

로저는 페리가 떠나기 전에 우리와 합류하기 위해 자신의 고향 마을에서 차를 몰고 내려왔다. 배는 굉장했다. 우리는 차량 갑판의 승무원에게 오토바이를 맡기고 난 후 객실로 이동했다. 사람들은 갑판에 걸쳐 모두 바닥에 흩어져 있었다. 우리를 포함한 대부분의 사람들은 거친 카펫 바닥에서 괜찮아 보이는 곳을 찾아 최대한 편안하게 자리를 잡았다. 베개는 제공되었다.

바다는 햇빛에 반사돼 반짝였고 유리처럼 고요했다. 이 3시간짜리 여행을 막 시작했을 때 태양은 궤도에 올라 있었고, 창문을 통과해서 일직선으로 내리쬈었다. 모터의 진동은 승객들의 코 고는 소리와 경쟁하듯 소리를 내고 있었고, 점점 눈이 감겨 왔다. 눈을 뜨고 있기 힘들었다. 오후 4시경 우리 모두는 곯아떨어졌다.

한라산에 백두산 돌을
놓자 바람이 불다

우리는 안내 방송을 듣고 잠에서 깼다. 일상적인 내용이었고 함께 탄 승객들 사이에서 기지개를 켰다. 우리는 제주시에 접근하고 있었다. 섬은 우리가 예상한 것보다 훨씬 거대했다. 아름다운 항구의 해안가에서부터 기슭까지 제멋대로 뻗어 있는 그 섬은 마치 한라산 그 자체인 것 같았다.

일단 배에서 내려 GPS를 따라 버스 터미널로 갔다. 경험에 의하면 남한 대부분의 도시에서는 버스 터미널이 있는 곳이 시내 중심지였기 때문이었다. 수많은 모텔들은 제주가 역시 허니문 장소임을 확인시켜 주었다. 우리는 제대로 된 주차 공간이 있고 인터넷이 되는 적당히 깨끗한 곳을 하나 발견했다. 하루에 미화 40불로 꽤 저렴했다. 우리가 2박을 하려고 하자 관리자는 살짝 당황한 듯했다. 우리의 예상대로 대부분의 모텔들이 시간당 대실을 하기 때문인 것 같았다.

남한 텔레비전 방송국 라이벌 격인 SBS와 KBS는 우리를 두고 경쟁하기에 바빴다. SBS는 7시에 모텔에서부터 우리의 이동을 도와줄 작은 버스를 대기시켜 놓고 있었다. 한라산 정상으로 향하는 성판악 코스가 시작되는 주차장까지는 멀지 않았다. 우리는 그곳에서 티피와 채를 만나게 되었다. 이 한 쌍의 남한 아가씨들은 몇 년 전에 남한에서 런던까지 모터스쿠터를 타고 여행한 것으로 남한 바이커들 사이에서 꽤 유명했다. 그들은 제주에 살고 있지만 한라산을 올라 본 적이 없었기에 그들에게는 이번이 절호의 기회처럼 보였을 것이다. 영어 회화가 가능한 SBS의 클로이 기자는 금방이라도 에베레스트에 오를 것 같은 복장을 입고 나타났다. 그녀는 가벼운 메리노 울을 입은 조를 보고 미간을 찌푸렸다.

남한에서 가장 높은 1,950미터의 산 정상으로 가는 길은 두 개가 있다. 성판악은 완만한 기울기이지만 10킬로미터를 올라가야 했다. 계획은 이 코스로 올라간 다음 가파르지만 더 경치가 좋은 관음사 코스로 내려오는 것이었다. 7시 15분에 KBS 제작진들은 카메라, 삼각대 그리고 가방을 둘러메고 코스를 오르기 시작했다. 정상 가까이 갈 때까진 그들을 다시 볼 수 없을 것이다. 데이브와 개러스는 우리 그룹을 이끌었고, 그 후 약 3마일 동안 브랜든과 조보다 훨씬 앞서 가고 있었다. SBS 제작진들도 우리 뒤에서 어려움을 겪고 있었다. 가는 길은 전나무 숲을 통하는 구불구불한 경로였다. 처음에는 나쁘지 않았으나 등반을 시작해서 수목 한계선을 넘어가니 더워지기 시작했다. 누군가가 등산객들을 위해 계단을 만드는 노력을 한 것 같지만 일단 거칠고 고르지 않았다. 어떤 곳은 길의 상당 부분이 철도 침목과 확실한 지지대가 없는 화산암재로 만들어져 있어서 발밑의 침목이 헛돌기도 했다. 앞서 가던 데이브도 뒤로 처졌는데 아마도 조가 괜찮은지 확인해 보려고 한 것 같다. 개러스 혼자 선두로 나섰다. 그때 그의 전화가 울렸다. 클로이였다.

"모건 박사님." 그녀가 가쁘게 숨을 내쉬었다. "부탁인데요. 너무 힘들어요. 정상에서 우리 좀 기다려 주세요."

"물론이죠." 개러스가 말했다. "거기서 봅시다."

길은 끝이 없어 보이는 계단으로 변했다. 경사가 점점 가팔라졌고, 계단은 낮아졌지만 아직 한참 남아 있었다. 개러스는 한 번에 두 개씩 올라야 할지 한 개씩 올라야 할지 알 수 없었다. 그의 다리는 젖산이 쌓여서 점점 무거워졌고 숨 쉴 때마다 목구멍이 타 들어가는 듯했다. 한 발씩 뗄 때마다 힘을 줘야 했다.

"거의 다 왔어. 50계단만 더 가면 돼."

"고도 때문일 거야." 개러스가 숨을 헐떡였다. 하지만 그것은 그를 압도하고 있는 고도와 노력 만큼이나 큰 감정이었다. 그는 불가능한 꿈이 될 뻔했던 계획이 실현되기 일보 직전에 와 있었다. 우리는 개러스의 주머니에서 덜그럭거리는 백두산 돌을 꺼낼 때마다 사람들이 보인 반응 속에서 그들의 진정성이 분출되는 것을 보았다.

한반도와 한국인의 마음에 새겨진 깊은 상처를 치유해 주기 위해 마음속으로 품어 왔던 그들을 위한 의식을 완성하기 바로 직전이었고, 우리는 숙연해졌다. 눈물이 개러스의 뺨을 타고 흘러내리고 있었다. 계단은 20개밖에 남지 않았으나 200개처럼 느껴졌고 그는 그만 주저앉고 말았다.

조와 KBS 제작진이 그가 잘 버티고 있는지 확인하기 위해 다시 내려왔을 때 그는 막 다시 발을 떼려고 하고 있었다. 조는 얕고 고르지 않은 개러스의 호흡이 걱정되었다. 그녀는 그의 머리와 목 뒤로 물을 부었고, 그가 회복할 때까지 우선 앉아 있게 했다. 몇 분이 지나지 않아 그는 곧 기력을 회복했다. 그가 다시 걷기 시작했을 때 개러스는 너무 기뻐서 창피할 겨를도 없었다. 그는 마지막 몇 걸음을 내디뎠다. 곧 그는 작은 호수와 한라산의 넓은 분화구가 눈앞에 내려다보이는 전망대에 서 있었다. 조는 개러스가 잠시 휴식을 취하도록 했다. 약 15분 후 데이브, 로저와 브랜든이 도착했다. 데이브는 땀을 뚝뚝 흘리고 있었다. SBS 제작진들의 모습은 아직 보이지 않았다.

개러스는 2장의 사각형 천을 바닥에 내려놓고 그중 하나 위에 백두산에서 가져온 돌들을 놓았다. 그는 주변에서 같은 숫자의 크기가 비슷한 자갈들을 모아 와서 다른 천 위에 놓았다.

여전히 SBS 팀은 그림자도 보이지 않았다. 조와 데이브는 그들을 찾기 위해 길을 내려갔다. 거의 1시간이 지난 후에야 SBS 선발대가 도착했다. 조는 나머지 제작진들을 데려왔다. 왜소한 클로이는 반은

백두산 정상에서 가져온 돌을 한라산 돌 옆에 두며 여행을 마무리했다.

업혀서, 반은 끌려서 올라왔다.

양쪽의 TV 제작진들은 한숨 돌린 후 촬영 준비를 시작했다. 그리고 로저는 우리만의 다큐를 녹화했다. 개러스는 지난 몇 주 동안 계획한 의식을 수행했다. 그는 백두산과 한라산 돌을 모아서 일부를 분화구 호수를 향해 던졌다. 나머지는 천으로 조심스럽게 감쌌다. 그는 한반도 위기의 종말과 남북한의 평화 공존을 가져올 수 있는 사람들에게 각각의 돌 한 쌍씩을 선물하려는 계획을 품어 왔다. 남북한의 지도자들뿐만 아니라 중국 총리와 미국 대통령에게 말이다.

데이브는 자신만의 의식을 수행하고 있었다. 그는 백두산의 개울 물을 보온병에 담아 왔는데, 그 북한에서 온 물로 한라산에 세례를 했다. 대한민국 세관은 우리가 DMZ를 통과할 때 이 혁명적 반란에 대한 계획을 눈치채지 못했다.

우리는 정상에서 90여 분을 소요했고, 내려갈 시간이 되었다. 우리는 가파르지만 짧은 관음사 코스로 내려가기로 한 계획에 따랐다. 머지않아 SBS 제작진은 다시 한참 뒤처졌지만 우리 키위 5명은 – 우리 커플, 브랜든, 데이브와 로저 – 계속 함께 걸었다. 아래로 내려가는 길은 올라오는 길보다 더 지옥 같았다. 피로가 누적되어 그랬으리라. 우리는 심지어 하산 지점을 1마일 정도 남기고 10분간 깊은 낮잠을 자야 했다. 우리는 주차장에 서서 포옹했다.

"아, 우리가 해냈어. 여보." 개러스가 말했다.

"그래. 우리가 해냈어." 그녀가 대답했다. "잘 했어."

여권에 있는
북한 비자

우리는 진통제와 소염제를 저녁에 먹고 아침에도 한 움큼 먹었다. 여전히 몸을 움직일 수가 없었다. 하지만 오전 8시에 육지로 돌아가는 배를 타려면 일찍 일어나서 바이크를 챙겨야 했다. 오금이 저리고 종아리 근육들이 비명을 질렀다. 페리 터미널에는 놀라울 정도로 경찰 병력이 많이 있었다. 그들은 신분증 확인을 요청했고 데이브는 자신의 여권을 건넸다. 경찰은 대충 훑어보더니 눈에 띄게 경직했다. 그는 동료를 호출했고, 그들 둘 다 여권을 응시했다.

"잘 나온 사진이 아닌 건 나도 안다고요……." 데이브가 말했다.

그들은 이제 우리 모두의 여권을 보길 원했고 우리는 어떤 문제인지 알려줄 때까지 보여 주기를 거부했다. 약간의 교착 상태였다. 그

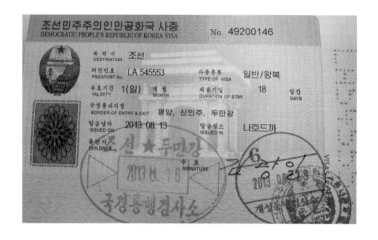

들은 한국말로 우리에게 뭐라고 외치고 있었고 우리는 아픈 근육을
주무르며 어깨를 으쓱거림으로 대답했다. 그들을 진정시키는 데 별
로 도움이 되지 않았다.

　몇 분 후에 그들이 데이브 여권에 있는 북한 비자를 보고 불안해
한 것을 알게 되었다. 개러스는 그들에게 남한 입국 도장을 보여 주
며 안심시켰다. 우리가 북한 주민들과 많이 다르게 생긴 것은 맞지
만 남한의 뒷문으로 여겨지는 제주를 통한 불법 이민이 종종 발생하
는 모양이었다.

　신경 쓰이던 문제가 수습되었고 우리는 페리를 타고 가는 자유의
몸이 되었다. 차량용 갑판으로 가는 승강구를 통과할 때 데이브의
얼굴이 핼쑥해지며 얼어붙었다. 조는 그의 신음 소리를 들었다.

"왜 그래?" 그녀가 물었다.

"봐." 그가 가리켰다.

그녀는 봤다.

"또 계단이야!"

우리는 땀을 흘리고 있었다. 더운 날이었지만 비가 내리고 있어 완전히 젖은 방한복을 입고 있었다. 그래도 걷지 않고 바이크 위에 앉아 있는 것이 다행이었다. 치킨과 맥주로 저녁을 먹으며 텔레비전 뉴스에서 방금 우리를 본 주민들로부터 유명 인사 대접을 받는 것조차도 우리의 통증과 고통을 완화시켜 주지는 않았다. 하동에서 머물렀던 러브 호텔에서도 마찬가지였다. 아픈 다리로 사랑을 나누는 것은 불가능했다……

"이번 여행의 하이라이트는, 개러스?"

데이브가 스테이크를 한 입 가득 물고 개러스에게 질문하며 기자처럼 눈썹을 치켜세웠다.

개러스는 잠시 생각했다.

"그냥 해낸 거지." 그는 어깨를 으쓱했다. "모든 것이 불가능하게 보이던 때가 있었지. 북한에 들어가서 북한을 통과하고, 남한으로 들어가서 한반도 전체를 종단하는 모든 것이……."

"조, 당신은 어때?"

"아, 로드 오브 본에서의 라이딩하고, 그 끔찍하게 고립된 사회에서 사는 사람들의 삶을 본 것이지. 그리고 북한 시골 생활을 알게 된 것과 일반 북한 사람들과 교감했던 것도."

"맞아. 그 두 개가 하이라이트지." 데이브가 말했다. "브랜든, 자넨 어떻게 생각해?" 브랜든은 영감을 받으려는 듯, 아웃백 스테이크 하우스의 아늑한 인테리어를 둘러보았다.

"로드 오브 본. 그리고 사람들. 그냥 사람들."

"넌 어때, 데이브?" 조가 물었다.

"들어가기 가장 어려운 나라에 들어간 것." 데이브가 말했다.

"그런데, 세 번째도 말해도 돼?" 조가 말했다.

"북한 어느 마을에서 할머니 한 분이 일어나서 완벽한 영어로 '와 주셔서 감사합니다' 라고 소리 쳤을 때."

한국은 우리의 마지막 식사를 위해 최고의 아침 식사를 선사했다. 그것은 고기가 뼈에서 바로 떨어질 정도로 부드럽고 입에서 살살 녹는 매운 돼지고기의 일종이었다. 국수와 커피도 함께 제공되었다. 이 음식은 우리의 원기를 제대로 회복시켜 주었다.

공항에서 조는 젊고 예쁜 남한 여성이 업무를 보고 있는 환전소로 다가가 남은 루블을 건넸다.

"Ty udovol'stviye ot prebyvaniya v Koreye?" 그 여자가 물었다. 조는 눈을 깜박였다. 러시아어를 알아듣긴 했지만 왜 굳이?

"한국말로 해 주세요." 그녀가 말했다.

"어디 출신이세요?"

"뉴질랜드요." 조가 대답했다.

"아, 정말 미안해요! 한국에서 즐거운 시간 보내셨나요?" 그 여자는 그제야 영어로 물었다.

우리가 비행기에 오르자 방송은 영어로 나왔고, 한국어로 반복한 후 러시아어로 "spasibo감사합니다"로 끝났다. 아니면 적어도 조에게는 그렇게 들렸다. 그러나 이 모든 여정과 시간대, 도로 표지판, 메뉴, 호텔 접수대에서의 토막 난 대화들, 길 가다가 만난 사람들과 초보적인 외국어로 맺게 된 관계들이 끝난 지금, 그녀는 꿈인지 현실인지 확신할 수가 없었다.

"아 그래. 이런 거지." 그녀는 개러스를 향해 돌아 앉았다.

"우리가 해냈어. 또 하나가 완전히 끝났네."

"그래, 여보." 그가 응답했다. "우리가 해냈어."

그녀는 그가 얼마나 살이 빠졌는지 알아차렸다. 그의 얼굴이 홀쭉해져 있었다.

"당신 좋아 보여." 그녀가 말했다.

"이봐." 데이브가 말했다. "그만 좀 해라."

"이본이 공항에 데리러 온대?" 조가 물었다.

"음." 데이브가 애매한 표정을 지으며 대답했다.

집으로 가는 비행기가 부산에서 뜨면서 영자 신문을 펼치니 남한이 스텔스 폭격기 함대 구입을 고려하고 있다는 기사가 보였다. 또한 북한은 영변의 원자력 발전소를 재가동하기 시작했고, 미국은 평화 회담을 위해서는 북한이 반드시 비핵화를 해야 한다고 반복했다.

"그래, 그런 거지……." 한반도는 달라진 게 없었다. 상식이 없는 한 해가 또 지나가고 있었다.

모터사이클로 세계를
모건 부부의 모터사이클 세계여행

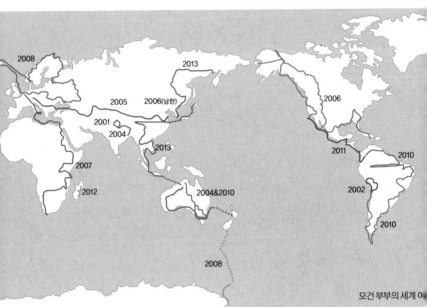

2008
2013
2005　2006(남한)
2001
2004
2006
2007
2013
2011
2010
2012
2004&2010
2002
2010
2010
2008

모건 부부의 세계 여

독립적인 사람들에게 모터사이클은 여행하기에 가장 적합한 방법이다. 이는 배우자에게 줄 수 있는 최대한의 자유를 준다. 예를 들어 둘 중 하나는 골동품에 관심이 있는데 다른 하나는 빈티지 자동차 박물관을 가고 싶어 한다고 생각해 보자. 그가 차를 운전하고 있다면 그는 "저기 봐!" 하면서 손가락으로 골동품점 반대편, 자동차 박물관을 가리킬지도 모른다. 만약 그녀가 운전하고 있다면 빈티지 자동차 박물관의 표지판을 보고 가속 페달을 밟을 것이다. 오토바이를 타는 경우에는 그냥 만날 장소를 정하고 원하는 시간에 가기만 하면 된다. 당신이 정한 곳에서 멈추고 당신이 원하는 음악을 마음껏 들을 수 있으며, 목적지에 도착할 때쯤 서로 화를 내며 차에서 내릴 만한 모든 가정 내 문젯거리들을 피할 수 있다. 함께이지만 혼자 하는 여행. 이것이 모터사이클을 타는 커플들의 신조이다.

아이들이 어느 정도 자란 2001년, 우리는 모험을 새로운 수준으로 올릴 수 있었다. 그 시작으로 델리에서 카슈미르까지 가는 인도 히말라야의 오토바이 투어에 등록했다. 너무 좋았다. 하지만 우리는 더 많은 것을 원했다.

2005년 진입한 실크로드는 사실상 뮌헨에서 시작되었다. 뮌헨부터 오스트리아 알프스를 거쳐 상징적인 시작 지점인 베니스로 내려가 본격적으로 여행을 시작했다. 실크로드 종주 그 자체는 일생일대의 모험이었다. 우리는 1만 2,000마일을 달리고 14개국을 종주했다. 발칸 제국, 터키, 이란, 그리고 '스탄'으로 끝나는 수많은 나라들과 경이로운 타클라마칸 사막을 포함한 중국의 광활한 영토. 그러나 일생일대의 모험을 할 때 가장 큰 고민은 그 모험이 끝나면 모든 게 다 끝난다는 것이다. 그 후에 뭘 하건 그 모험과는 경쟁도 안 되고 비교도 안 되는 것이다. 여행이 끝으로 접어들면서 우리는 이 위험을 점점 인식하고 있었다. 이 문제를 해결하는 가장 좋은 방법은 또 다른 일생일대의 모험을 계획하는 것이었다.

그 후 우리는 세계의 꽤 많은 곳을 바이크를 타고 여행했다. 2006년에는 북미에 갔다. 플로리다에서 시작하여 남부에 위치한 주들을 따라 달렸고, 애팔래치아 산맥을 따라 올라가 오하이오주의 클리블랜드까지, 그리고 다시 내려와 텍사스를 통해 멕시코로, 뉴멕시코를 거쳐 로키 산맥을 타기 위해 캐나다를 지나 콜로라도로, 노래 가사처럼 유콘과 노스를 지나 알래스카로 전진했다. '하울로드'라고 불리는 길을 따라 북쪽으로, 북극권을 가로질러 프루드호 베이로 달렸다. 그리고 그랜드캐니언, 여정의 마지막이었던 로스앤젤레스로 돌아오는 것은 서부 해안을 따라 내려가고 싶다는 욕망 덕분에 고민할 것도 없었다. 단지 우리가 얼마나 터프한지 보여 주기 위해서 고속도로와 대도시를 피해 국도로만 여행했다. 2006년 말 우리는 데이브, 브랜든과 함께 모터사이클을 타고 대한민국을 돌며 2,100마일을 질주했다.

미국과 한국의 단조로운 도로의 지루함을 잊기 위해 아마도 가장 힘겨운 목적지일지도 모르는 이 글로벌한 모험의 다음 단계를 향해 시선을 집중했다. 아프리카였다. 이 여행을 계획하는 과정에서 특히 운송 부분은 악몽에 가까웠다. 우리는 케이프타운에서 지중해까지 어떠한 경로를 택하든 정치적인 분쟁 지대를 피할 수 없고, 또 예상하지 못한 곳에서 전혀 새로운 위험과 언제든 마주할 수 있다는 것을 깨달았다.

지구의 극과 극이 얼음으로 시작해 얼음으로 끝나는 것처럼 우리도 2008년을 얼음과 함께 보냈다. 우리는 빙하 지역을 여행할 수 있는 기회가 주어졌을 때 망설이지 않았다. 선창에 모터바이크 두 대를 실었다. 배 안에서 내동댕이쳐지고, 구르고, 던져지면서 남극으로 향했다. 지구상 가장 외진 곳에서 오토바이를 탈 수 있는 특권을 누릴 수 없다면 차라리 가지 않겠다고 생각했다! 혼다 Step-through 110s. 이 오토바이는 뉴질랜드 집배원들이 도보로 배달하기 힘들 때 쓰는 바이크였다. 뉴질랜드 우체국은 우리에게 우편집배원 유니폼과 뉴질랜드의 남극 재외 기지인 스콧 베이스에서 바로 언덕 너머에 있는 미국의 맥머도 기지까지 배달할 꾸러미를 주었다. 뉴질랜드에서 미국으로 보내는 최초의 육로 우편배달이 될 수도 있었지만 바다 얼음 상태가 안 좋아서 스콧이나 맥머도에 가는 것은 불가능했다. 그래도 우리는 바이크를 꺼내 얼음판 위를 미끄러졌다.

우리 용맹한 듀오는 그 후 2010년 광대한 브라질 땅을 순식간에 끝내 버렸다. 매혹적인 아마존 강에 짧게 방문한 후 기아나, 수리남으로 들어왔다. 크리스마스에는 오토바이에서 내려 잠시 휴식을 가졌고, 2011년 초에 갈라파고스 제도를 거쳐 여행을 다시 시작했다. 코스타리카, 니카라과, 온두라스, 엘살바도르, 과테말라, 벨리즈, 멕시코 그리고 엘 노르테의 북쪽, 북미 자체를 거쳐 로스앤젤레스에서 여행에 마침표를 찍었다. 바이크로 여행한 영역에 1만 킬로미터가 추가되었다. 하지만 여전히 바이크로 달리지 못한 여백 많은 세계 지도는 우리를 조롱하는 것 같았다. 그 사이 우리는 큰 것을 계획하고 있었다. 그것은 바로 북한을 방문하고 싶다는 생각이었다.